1/17

33 revoluciones

Canek Sánchez Guevara

33 revoluciones

ALFAGUARA

Primera edición: octubre de 2016

© 2015, Jesús Alberto Sánchez Hernández
Publicado mediante acuerdo con VicLit Agencia Literaria
© 2016, de la presente edición en castellano para todo el mundo:
Penguin Random House Grupo Editorial, S. A. U.
Travessera de Gràcia, 47-49. 08021 Barcelona

© Diseño: Penguin Random House Grupo Editorial, inspirado en un diseño de Enric Satué

Printed in Spain – Impreso en España

ISBN: 978-84-204-2058-5
Depósito legal: B-17306-2016

Impreso en Unigraf, Móstoles (Madrid)

A L 2 0 5 8 5

Penguin
Random House
Grupo Editorial

Índice

Presentación

Canek comenzó a esbozar los relatos que incluye esta edición en Oaxaca, hacia 1997. Algunos empezaron siendo un par de párrafos de una novela y otros fueron cuentos desde el principio; pero todos cobraron su forma definitiva muchos años después en distintos países. Y es que después de haber escrito un libro de poesía, *Diario de Yo,* en 1996, inició una novela-río ambientada en Oaxaca, al tiempo que perfilaba una serie de personajes cubanos producidos socialmente por la revolución.

A medida que Canek iba construyendo el mundo de cada personaje, entendió que cada uno era protagonista de un relato independiente. Con ellos pensaba editar pequeñas publicaciones minimalistas.

Canek escribía obsesivamente y podía inventar un relato íntegro en pocas horas, pero nunca dejaba de revisitar cada frase y aun rehacer las circunstancias de sus personajes. Muchas veces de esos relatos se desprendieron otros, reinventando vivencias del largo viaje que dejó registrado en sus crónicas *Diario de motocicleta,* escritas entre 2005 y 2012 (editorial Pepitas de Calabaza, Logroño, 2016).

En su continuo andar, Canek encontraba en cualquier lugar el momento para sacar un cuadernito y con letra menuda colmarlo de notas sobre sus relatos, con reflexiones críticas, o descripciones de ambientes. Lo hacía en la sala de algún aeropuerto, en una cabaña en las selvas de Centroamérica, en los muy urbanos cafés de Panamá, en las calles de México: no es casual que en sus relatos se hallen frases y palabras que provienen de mundos distintos. Imágenes recuperadas de viejos recuerdos o visiones de cada momento.

«La espiral de Guacarnaco» lo escribió una tarde en Oaxaca, en 1997, pero cerró el texto en 2012. Otros, como «La casa gana», que fué redactado en Panamá en 2011, nunca más los tocó. Pero «33 revoluciones» fue su texto más acabado: dedicó varios años a esculpir cada imagen, cada sensación de todos los hombres que se juegan la vida por la vida.

ALBERTO SÁNCHEZ,
padre de Canek

33 revoluciones

1

Todo se mueve más allá de la ventana: árboles de papel, máquinas de juguete, casas de palo, perros de paja. Una mancha de espuma recorre las calles. Deja agua, algas, cosas rotas, hasta la siguiente ola, en que todo se renueva. La marea arranca lo que el viento no acierta a derribar. El edificio resiste el embate. En su interior, los pasillos aparecen llenos de rostros temerosos y gente que reza instrucciones y obviedades («hay que mantener la calma, compañeros: nada es eterno»). Todos verbalizan a la vez (veinte discos rayados sonando al mismo tiempo): todos dicen lo mismo con distintas palabras, como en la cola o en el mitin —manía de hablar: doce millones de discos rayados parloteando sin parar—. El país entero es un disco rayado (todo se repite: cada día es una repetición del anterior, cada semana, mes, año; y de repetición en repetición el sonido se degrada hasta que sólo queda una vaga e irreconocible remembranza del audio original —la música desaparece, la sustituye un arenoso murmullo incomprensible—). Un transformador explota en la distancia y la ciudad queda a oscuras. El edificio es un agujero negro en medio de este universo que insiste en derrumbarse con estrépito. Nada funciona pero todo da igual. Siempre da igual. Como un disco rayado, que siempre se repite...

2

El viento atraviesa las rendijas, las tuberías silban, el edificio es un órgano multifamiliar. Nada se parece a la música del ciclón; es única, inconfundible, exquisita. En el pequeño apartamento, las paredes pintadas de cualquier color, sin adornos ni imágenes, combinan con los pocos muebles, el televisor de madera, el tocadiscos ruso, la radio vieja, la cámara que cuelga de un clavo. El teléfono descolgado y los libros en el suelo. El agua se cuela por las ventanas, lagrimean las paredes y se hacen charcos en el piso. Fango. Churre y más churre. Un disco rayado y churrioso. Millones de discos rayados y churriosos. La vida toda es un disco rayado y churrioso. Repetición tras repetición del disco rayado del tiempo y el churre.

En la cocina, dos latas de leche condensada, una de tamal, una bolsa de galletas. Al lado un huevo, un trozo de pan, un pomo de ron. Un par de viandas pasadas, con moho. La batidora en una esquina de la meseta; la sartén sobre el fogón (la grasa en la pared) y el frigidaire de los años cincuenta, vacío y apagado, con la puerta abierta. En la habitación, la cama está en el centro. El baño es minúsculo, oscuro, sin agua. La ducha apenas se usa: el cubo y el jarro la sustituyen. El tubo de pasta de dientes, el desodorante, la cuchilla de afeitar: el espejo roto pinta una cicatriz en el reflejo.

Sale al balcón y una ráfaga de viento lo golpea. Anónimo en la inmensidad de la tormenta, abandonado a su suerte y repitiendo el disco rayado de la vida y la muerte, enciende un cigarro ante esa postal del fin del mundo. Una y otra vez, como un disco rayado, se pregunta por qué todo parece inmutable pese a los arrebatos de cada mutación. El edificio resiste, sí, pero todo lo demás se hunde entre las algas y las cosas muertas dejadas por la marea. Por último sonríe: con el pasar de los días la mar sanará de su enfermedad tropical y el repetitivo ciclo de la rutina volverá, como un disco rayado, al encuentro de la normalidad.

3

El disco rayado laboral. La oficina, la foto del gobernante, el buró de metal, la silla de sus hemorroides, la vieja y gorda máquina de escribir, el bolígrafo a un lado, los papeles amarillentos, los cuños, el teléfono. El administrador aparece. Ondea la papada, se alisa con un gesto la blanca guayabera y aclara su garganta antes de hablar. Su voz recuerda a la flauta cuando recibe órdenes y al trombón cuando las da. Como ahora. Al salir, deja el eco de un portazo y el otro queda al fin solo en su oficina, más negro, más flaco y más nervioso que de costumbre. Un poco más subordinado también.

Suena el teléfono y el negro flaco y nervioso contesta sin demasiada firmeza. Sólo oye un ruido atrás de los cables —muy atrás, como un disco rayado— y cuelga. Va hacia la ventana y enciende un popular. La vida se detiene ante sus ojos y no le asombra. Piensa que en el fondo así ha sido siempre, un reposo disfrazado de *dy nam is*. Echa una ojeada a su reloj automático y soviético: diez de la mañana y ya no soporta el trabajo. Cierto que nunca lo ha amado pero ahora está harto de verdad (y enseguida, entre paréntesis, se pregunta cuándo comenzó este ahora). Tarde tras tarde llega a su apartamento solitario y mañana tras mañana lo abandona en soledad. ¿Los vecinos? Un combo de discos rayados despojado de interés. ¿El comité? Basta cumplir en silencio, embarajar con algún ¡viva! y todos en paz.

En realidad, a nadie le importa nadie.

4

Hora del almuerzo. El comedor rebosa de técnicos y burócratas y la cola recuerda a un estreno en el cine. La comida es tan barata como escasa pero es mejor que nada y todos la agradecen. «¿Qué están dando hoy?», preguntan los que aguardan a los que salen: «Lo mismo que ayer», responden éstos con desgano. Cuando al fin llega su turno observa con pereza la bandeja militar: el círculo del potaje, el cuadrado del arroz, el rectángulo del boniato, el vaso en su redondel y en el surco los cubiertos. Come en diez minutos y sale en busca de cigarros. Las escasas sombras del mediodía no alcanzan a mitigar el calor, mucho menos la humedad de esta selva de estructuras decadentes y belleza secular. A lo lejos se adivina el mar, pero hoy su brisa es pura ausencia. Gruñe una queja al cielo y se detiene ante el expendio de la esquina: No hay cigarros ni café, reza un cartel escrito a mano.

Como un disco rayado, gruñe una vez más.

5

El deber y el querer. Teclea con rabia su dilema hasta perforar el papel con puntos y comas. Desea quedar solo en la oficina, en la ciudad, en el país, y no ser molestado jamás. La monotonía se expresa de mil maneras y adquiere diversos signos. El trabajo, la radio, el noticiero, la comida, el ocio: Vivo en un disco rayado, piensa, y cada día se raya un poco más. La repetición adormece y esa somnolencia se repite también; a veces la aguja salta, suena un chasquido, altera el compás y se traba otra vez. Siempre se traba otra vez.

Oye pasos firmes tras la puerta y sabe a quién pertenecen. ¿El informe? En un ratico lo entrego, responde. El administrador lo mira atravesado, venas en la nariz, gesto hosco, vástago de meretriz. El administrador lo regaña sin alterar su peinado (mucha gomina, mucha colonia, mucho talco en el cuello, piensa). Siente deseos de cagar, de cagarse en su madre, de cagarle la vida entera mas sólo atina a mover la cabeza de un lado a otro sin ritmo ni sentido, incapaz de comprender por qué se le reprocha qué:

—¡Atiéndeme! —reclama el rugido del amo—: ¿Tú me estás atendiendo?

6

Fin de la jornada. Ocho horas de revisar papeles, firmar circulares, poner cuños, redactar informes, hacer copias, soportar al jefe y poco más. Ocho horas tan interminables como el verano o la soledad. Ocho horas de entrega a la nada. Pero hoy pagan, y eso parece dotar de sentido el nihilismo cotidiano, la farsa del aporte, el delirio del servicio.

Olfatea el sobre de cartulina amarilla con su nombre escrito a mano y cuenta esos billetes de colores cuyo valor, bien lo sabe, es tan relativo como nuestra realidad. No desea volver a casa y piensa más bien en un helado; camina sin prisa, viendo a los discos rayados pasar con su sonrisa de fin de mes, henchidos de orgullo salarial. No hay silencio en la ciudad: todos hablan a la vez, más que de costumbre, replicando el zumbido del zángano —y ellas, el de la abeja reina—. Y todas se creen reinas aquí. Llega por fin a la heladería y la cola le anula el antojo. Sigue de largo (¿entrar al cine?: desmaya eso). Coge para San Lázaro, se hunde en una calle y naufraga en un bar de esquina, oscuro y aromatizado con orines masculinos: barra larga, mesas sucias, ron barato: nada más. Nadie sonríe, nadie saluda. Cada quien en lo suyo.

En un rincón cuatro tipos juegan dominó, como todos los días del año y todos los años del tiempo. Nunca varía el desfile de fichas blancas, puntos negros, dobles nueves, gritos y blasfemias. Junto a cada jugador, el sempiterno vaso de ron; en el centro, el cenicero lleno de cabos. Es ése, piensa, el disco rayado de la cultura nacional. En otra esquina, una mujer taciturna, vestida con ropas sintéticas y polícromas, habla sola mientras hojea el periódico de ayer. Cuatro páginas, todas iguales, con el mismo tono, la misma labia, misma trova, verbo y rabia.

La mujer refunfuña.

Él se sienta ante la barra, pide un ron, enciende un cigarro y divaga para sí: El universo es un disco rayado sin relatividad ni cuántica alguna, lleno de surcos donde transcurre esta vida de polvo cósmico, grasa industrial y chapapote cotidiano, piensa. Bebe un largo trago, hace un ruido con la garganta e inclina la cabeza, asqueado y agradecido:

El ron es la esperanza del pueblo, piensa.

7

La luna se llena cuando él sale del bar. Su luz se filtra entre los edificios con escasez. Camina evitando callejuelas y rincones. En la avenida hay concierto; se funde entre la gente (el pueblo, la marea) al ritmo de tumbadoras y corneta china. Baila en la soledad de un tumulto que lo aísla al rodearlo y se pregunta en qué consisten la pertenencia y la unidad: ¿Es la comunión de los entes ajenos una mera ajenidad de lo común? En todo caso, piensa, es el disco rayado de los encuentros y desencuentros fortuitos, anónimos y desinteresados (sin alevosía ni ventaja: pura nocturnidad) en esta avenida en la que confluyen la sensualidad, la igualdad y el ímpetu solidario. Lo único que funciona aquí, piensa, es la fiesta, la orgía, el falocentrismo y la épica del bollo (materialismo erótico). Lo demás: discurso para obnubilar a las masas. El sexo es el principio y el fin: la templeta histórica, piensa.

Y ahí, en medio de la música, los cuerpos sudorosos y las pergas de cerveza, recuerda a su ex esposa, siempre enferma de frigidez. No duró mucho el matrimonio: un disco rayado de discusiones y reclamos cuyo progresivo deterioro desembocó en el rigor mortis. Su asexualidad lo arrastraba a la impotencia, le ennegrecía el humor y emponzoñaba su ya escaso optimismo. Al principio pensó que era pudor, timidez, y que el tiempo y la confianza acabarían con esas taras. Se trataba sin embargo de algo más profundo. Lejos de mejorar, la situación empeoró. Pasaban semanas sin más intimidad que la existente en una comida a solas, hasta que el sexo desapareció por entero de sus vidas (y las caricias, las sonrisas y las palabras). Decidió dejarla tras un sueño inquietante: harto de ella, y aprovechando que dormía, la mataba a machetazos en la cama, salpicando las paredes de la habitación. Despertó asustado, confirmó su eyaculación y a la mañana siguiente, muy temprano, salió de casa para nunca más volver —meses, quizá años más tarde tramitaron el divorcio, cuando los rencores se hubieron extinguido y los reclamos suavizado—.

Bailando llega al malecón, adquiere un pomo de ron adulterado, se sienta ante el oleaje y compara su vaivén con el del muro, lleno de parejas apretando, grupos armando bulla y solitarios como yo, piensa: Ver pasar el tiempo es el pasatiempo favorito del pueblo. No perderlo, que implicaría ya una posesión. Los años se quedan, piensa: el tiempo siempre pasa...

Otea de nuevo el mar y bebe a pico de botella. A sus espaldas, la ciudad sucia y bella y rota; al frente, el abismo que insinúa la derrota. No es siquiera un dilema, menos una contradicción, sino la certeza de que ese abismo, ese aislamiento, nos define y condiciona. Vencemos al aislarnos y aislándonos nos vencen, piensa. El muro es el mar, la cortina que nos protege y encierra. No hay fronteras; esas aguas son bastión y alambrada, trinchera y foso, barricada y retén. Resistimos en el aislamiento. Sobrevivimos en la repetición.

8

Poco a poco el malecón se vacía. La madrugada se agrava y él piensa en el retorno. Avanza por una avenida sin máquinas ni gente, ligera de árboles y edificios que parecen nacer de la cuneta. Oye a sus espaldas el retumbar de la guagua y corre hasta la siguiente parada. Faltan doscientos metros cuando el llanto de la perseguidora lo detiene. Descienden los policías, lo observan de arriba abajo, se fijan en la botella y solicitan sus documentos:

—¡Carné de identidá!

—Compañeros —replica—: voy a perder la guagua.

—Eso será después —responden ellos—: primero el carné.

Entrega el de identidad y el otro también. Los guardias sonríen. Verifican los datos. Se disculpan por su proceder:

—Disculpe, compañero. Usted sabe: un negro corriendo en la oscuridad es siempre sospechoso...

9

El alcohol se evapora, las luces de la guagua pestañean en la distancia y su negritud palidece de cólera. Recuerda el día en que le dieron el carné (no el de identidad, el otro): la sonrisa bobalicona con destellos de orgullo, la sensación única de ser parte de un futuro nuevo y vigoroso y redentor. Pero el mañana se construye sobre los cimientos del ayer y con la mano de obra del hoy. Comprendió entonces que la imagen del futuro no es, ni puede ser, el futuro en sí.

Un concierto de improperios lo mantiene en movimiento hasta llegar al edificio. Suspira ante el ascensor encallado en la planta baja (el disco rayado de lo que nunca funciona) y sube los siete pisos con desgano. En su apartamento, la soledad lo recibe con toda su desnudez y lo invita a yacer a su lado. Arrogante, se tira solo en el sofá, pone un viejo disco que se raya a la mitad, tartamudeando la percusión errante. Apaga el aparato y sale al balcón a fumar ante la oscuridad que es el mar.

La madrugada se esfuma, la policía le arrebató el sueño y algo que no llamaría orgullo, mucho menos dignidad, pero que es sin duda importante. Le disgusta que le hagan saber (¿que me lo recuerden?, se pregunta sonriente) que es un negro de mierda. En el balcón, en calzoncillos, desnudo de torso, piensa que no hay ni pizca de grandeza en todo esto, y hace un gesto que pretende abarcar la ciudad, quizá al país entero. Pero siempre ha estado sumido en la leyenda, en todas las organizaciones, discursos, marchas, delegaciones y compromisos. Siempre con la guardia en alto.

Fue en los últimos años de la universidad cuando comenzó a cambiar, aunque no puede distinguir el instante preciso ni la condición exacta, difuminada ya en el tiempo, en que tal cosa ocurrió, ni en qué consistió en concreto dicho cambio.

La aguja saltó, piensa.

10

Padre fue lo que en términos sociológicos podría ser definido como un guajiro bruto; madre, en cambio, era una encantadora señorita citadina que había sido educada para bien matrimoniarse y poco más —inglés elemental, piano básico, cocina internacional: lo necesario para desenvolverse en sociedad—. No es difícil comprender que en la vorágine revolucionaria este tipo de uniones ocurrieran: el país se transformaba con celeridad y ciertas barreras caían con estrépito, propiciando relaciones otrora imposibles o impensables. Padre se unió a los barbudos meses antes de su entrada triunfal, y madre vendía bonos del veintiséis en su auto niú-de-páquet. Se conocieron —en rigor tropezaron— en uno de esos mítines masivos donde la furia y el fervor se fundían, y ulteriores encuentros en diversos círculos y asambleas acabaron por dar cuerpo a esa conciencia de ser iguales, de soñar con lo mismo, de formar parte de un proyecto que los incluye y les exige por igual. Después, padre trabajaría en la reforma agraria y madre en la industria básica.

En casa apenas había libros —los doctrinales, más por corrección que para ser leídos— y para música bastó siempre la radio. Él fue un alumno aplicado aunque no sobresaliente. Carecía de interés por las letras y salvo en matemáticas, tampoco fue muy bueno para las ciencias. Era, en cambio, el que mejor se comportaba, y no escatimaba su presencia en las actividades patrióticas, por aburridas que éstas fueran. Inició una carrera técnica —alguna ingeniería— casi desprovisto de intereses culturales, deportivos, o laborales: La patria es lo primero, repetía convencido. Participó con ahínco y siempre puntuó alto en el escalafón. Fue jefe de aula, de escuela, de diversas secciones y federaciones, y hay quien lo recuerda chivateando a compañeros poco dotados para el compromiso político-ideológico. Era, pues, tremendo consciente: no brillante pero sí comprometido. Hasta que un día comenzó a leer; primero con timidez, casi con miedo —como si se tratara de algo prohibido—, y luego como un adicto: despatarrado en el sofá, con las galleticas en una mano y el libro en la otra:

—¡Haz algo! —gritaba padre hundido en la incomprensión.

Pero madre, siempre madre, le decía al marido que no se pusiera así, que quizá el muchacho se volvería intelectual.

»¡¿Intelectual?! —bramaba padre convencido de que los artistas (y todo eso) son la desgracia del país.

Y tenía razón, décadas atrás había seguido con interés las discusiones con esos supuestos intelectuales que más bien parecían agentes del enemigo —¡diversionistas!—. Esos que padecen del pecado original: falta de revolucionarismo:

—¡Y tú no vas a ser como ellos! ¡Qué va! —(atrás, madre le hacía gestos de: No hagas caso, mijo, tú no hagas caso alguno).

Leyó mucho —sin darse cuenta, sin orden ni propósito— y siguió con la carrera porque había descubierto un universo privado mucho más extenso que el circundante. A la postre, ese universo acentuaría la estrechez del cotidiano y lo haría soñar con amplitudes faltantes, también ignotas: entonces comenzó con aquello de los discos rayados.

11

La aguja se traba en un surco y la avenida tropical aparece llena de Urales, Volgas, Moskovich y Polskis. Adentro, el aire acondicionado y la diplotienda llena de cosas lindas. Afuera, el pavimento hirviente, la inexistente brisa y la sed; adentro, la cerveza fría, la pacotilla y el alimento; afuera, el hambre y el silencio. Dos mundos en uno, dos dimensiones, dos universos: Dos patrias y dos muertes, piensa: la aguja emite un chasquido, da un salto y cae aquí, donde nada está permitido pero todo se resuelve y se hace.

—¿Bloqueo? —se pregunta al admirar las estanterías llenas de productos extranjeros a precios incompatibles con la economía nacional, y se asombra, no de lo que hay, sino de todo lo que no hay fuera de este recinto consumista.

Porta una resaca ligera y con movimientos lentos, cercanos al calambre, estira el brazo y coge una cocacola fría: la abre ahí mismo y, silbando *La marcha del pueblo combatiente,* se dedica a ella casi con deleite estético —incluso ideológico— y sonríe como el chama que hace una maldad cuando nadie lo vigila.

12

Al diplomercado no va solo, sino con la rusa del noveno, la que controla el bisne en el edificio. Es ella la del pasaporte, la que legalmente tiene divisas y derecho a comprar. Al salir, se despiden con afecto (él le paga una comisión por haberlo entrado): Padre no llegó a ver esto, piensa. Murió hace años, cuando se descubrió que en la empresa agrícola que dirigía había mucho faltante, y lo culparon a él:

—¡Malversación! —se dijo durante el juicio, y el puro, siempre tan puro, replicó indignado y furioso el argumento de su inocencia:

—¡Cojones, a mí nadie me llama ladrón, repinga! —gritó desgañitado, rojo, hasta que le estalló el corazón.

—Infarto masivo —dijo el médico.

La noche del entierro, en la borrachera con sus amigos, pensó que padre había muerto de ingenuidad (y dijo, a modo de despedida, que era terco pero honrado, bruto pero idealista, mostrando una sonrisa triste y ebria —hecha de dientes blancos—). Madre, tras unos meses de desolación —de vagar de la casa al trabajo y del trabajo a la casa—, decidió gestionar la ciudadanía española (vía paterna) y se fue para Madrid: es ella quien le hace llegar un dinerito y algunos libros de vez en cuando.

No le gusta ir con jabas de la shopping por la calle, por eso mete todo en su mochila. En verdad no compró gran cosa: un poco de carne, arroz, huevos, aceite, pan, dos o tres cervezas, un pomo de ron, cigarros, pasta de dientes, desodorante, champú: lo elemental (con la libreta ni contar): come poco y su gusto es limitado; además, almuerza en el trabajo: ¿Qué más puedo pedir en este mundo?, se pregunta con sarcasmo. Por fuera parece un tipo común: más bien cheo, de rostro ordinario y ojos que nada dicen. Un disco rayado más, murmura para sí.

¿Y por dentro?

Mucho se lo pregunta. Teme descubrir que en realidad es un sufridor narcisista encantado con su propia miseria existencial: Como un maldito poeta maldito, piensa (observa a la gente en la parada de la guagua, se fija en sus miradas ausentes, tan similares a la suya, y echa a andar por Quinta, cabizbajo y sonriente).

Como uno más...

13

En algún momento de su juventud quiso cambiar de carrera, dejar la ingeniería y permutar para filosofía y letras, o historia, o incluso ciencias sociales, pero constantemente anteponía a sus planes los juicios y valores de padre. Cuando estaba vivo temía matarlo del susto y una vez muerto decidió respetar sus deseos: pero eso es culpa suya, no de padre. Por otro lado, nunca ha podido escribir —se sabe incapaz de hilvanar frase alguna—: tan sólo se considera un lector razonable e inquieto y no pretende más. Su trabajo en el ministerio es aburrido pero incentiva la lectura: forra los libros con papel periódico y si alguien en la oficina pregunta qué lee, invariablemente responde: agatha christie (aunque se trate de kundera).

Pero el descubrimiento más importante de los últimos años ha sido la música —antes no tenía música; oía lo que sus amigos oían (si estaba con timberos, timba; con trovadores, trova; con jazzeros, jazz; con roqueros, rock... y así, sin detenerse en ninguna en especial)—. Sin preferencias. No encontraba sentido alguno en esa explosión de sonidos: a veces bailaba, más por instinto socializador o en ejercicio del ritual de apareamiento que por verdadero placer autónomo. La música, en resumen, nada le decía.

Ocurrió tras la separación con su esposa: decidió ir al teatro a escuchar a la sinfónica. No había curiosidad en esa decisión (o quizá sólo una poca), más bien las otras opciones le parecieron peores —la pelota en el estadio, una comedia en el cine, la televisión con sus dos canales—: No, gracias. El programa incluía piezas de roldán y de brouwer. Por vez primera fue capaz de soñar mientras sonaba la música. Aquellos sonidos —aquellos acordes retorcidos— lo hicieron saltar de alegría, de un gozo inexplicable, más cercano a la neurosis que a la calma espiritual. Durante semanas vivió con esa sensación en el cuerpo; de pronto supo que había encontrado la música que le faltaba. Con el tiempo logró hacerse una colección modesta pero bien organizada: vanguardismos, serialismos, azarismos, matematicismos, modernismos, minimalismos, y de vez en cuando se pregunta qué ha hecho para merecer esto: tener gustos tan ajenos al trópico y vivir aquí...

14

Se sirve una cerveza, enciende el televisor con el volumen muy bajo —voces de fondo: algo de compañía— y pone un casete de Varèse a mayor nivel. Vuelve a la cocina y se fríe un bisté; lo devora en un pan con aceite y ajo, junto a la meseta. Sincroniza el fin del bocadito con la última nota del disco. Coge un libro e intenta concentrarse, al tiempo que lucha contra el calor. Necesita compañía: desde la separación decidió que nunca más volvería a meter a una mujer en casa, al menos no por más de una noche. Lleva una saludable vida sexual consigo mismo y sólo se aparea si es necesario —si quiere fumar un cigarro y hablar mirando al techo, no cada vez que requiere eyacular—: Así es más sano, se convence. Siente particular atracción por las tembas en torno a los cincuenta, casadas o recién divorciadas. No soporta a las solteronas: Demasiado maternales, piensa.

Fue hacia el final de su crisis matrimonial (a los veinticinco) que le empezaron a gustar las mujeres mayores; al principio por curiosidad —¿morbo?—, luego por convicción. Todo comenzó con una vecina, esposa de un militar que pasaba más tiempo en la unidad que en casa. Se conocieron durante una guardia del comité y hablaron y hablaron durante horas de cosas tan íntimas como el retraso en el reparto de la carne o la escasa variedad de viandas en el agromercado. De alguna manera acabaron enredados en una relación secreta en un edificio lleno de chismosos (lo de menos, en todo caso, eran los dimes y diretes que el asunto pudiera suscitar: el único peligro era el marido, un hombre que —piensa— no dudaría en meterle un tiro en los cojones).

Se levanta con lentitud y sube hasta el noveno en busca de la rusa. Ella abre y se recuesta en el marco, como si hubiera adivinado su arribar. La noche transcurre con lentitud —se conocen, han aprendido a regodearse en espasmos prolongados y tartamudeantes— y hacia el final, él resopla con fuerza. Fuma tendido en la oscuridad, junto a la espalda desnuda de la mujer —poderosas nalgas que revientan sábanas y sueños—, y piensa que las metáforas son innecesarias en este instante en que el humo se pierde rumbo al techo, reptando entre el perfume del sudor, del sexo y del tropicalismo.

Ella duerme y él se dedica a olfatear su cuerpo (el grajo velludo le quema las fosas y alborota sus neuronas con estruendo). Sin presionarla hace que se vire —las tetas apuntan al cielorraso—; hunde la nariz en su pubis, llenándose los pulmones con la inconfundible acidez de ese sexo exuberante y rubio, pleno de realismo socialista. Ella sonríe en su sueño —murmura algo en ruso (vuelve a las estepas)— y él se acuesta a fumar una vez más, dejándose llevar por el disco rayado del placer y el cansancio.

15

Irrumpe una lluvia de toletes y botas que le arruina la tranquilidad. Intenta despertar, tembloroso, ojos implorantes y desnudo, y se pregunta qué ha hecho, qué ha dicho, y grita a todo pulmón. Le arde el cuerpo, le quema, y siente cada músculo atrofiado por el miedo. Lanzado escaleras abajo, desciende dando tumbos sobre una superficie poco agradable al tacto. Los insultos lo rodean, la rabia, la locura. Más patadas, muchas más. Ahora llora. No quiere pero tampoco puede evitarlo. Los dientes. Le duelen los dientes. Abajo, a empujones, lo suben a una Mercedes nueva que da tumbos al ritmo de los golpes.

Villa Marista. Lo arrastran hasta un cuarto de interrogatorio. Un médico, tembloroso, certifica que no hay daños graves en ese individuo flaco y descojonado que tiembla tanto como él. Dos oficiales entran y, amenazantes, exigen que cuente todo. Uno le suelta tremendo piano en pleno rostro; el otro le mienta la madre, lo llama maricón y le suelta un piñazo en el esternón:

—¡Habla, coño! —rugen ambos a la vez.

16

Lo encierran en una celda con dos sujetos poco recomendables. Se acurruca en un rincón, moquea e intenta conciliarse con el dolor. Levanta la vista, los detenidos lo observan sonrientes:

—¿Hablaste? —pregunta uno.

—¿Hablar qué?

Está al borde de la desesperación. No entiende por qué está ahí ni tiene idea de cómo salir. Todo es miedo en este instante. Un miedo que corroe, humilla y duele más que los golpes, los gritos, los insultos. Da igual si hay o no testigos de su pánico, de su parálisis: El testigo soy yo, piensa, juzgándose con fiereza ahora que por fin logra respirar con cierta calma. La celda apesta. Es estrecha, gris y con manchas que supone de sangre seca. Hay una pequeña ventana, que basta para oxigenar el ambiente, casi a la altura del techo, inalcanzable para un hombre de estatura media.

Se acuesta en un catre de concreto, frío y duro como el cementerio. No logra cerrar los ojos. Teme hacerlo. Una larga secuencia de imágenes distorsionadas se despliega en el techo, recordándole escenas de *La naranja mecánica*. Tres guardias fornidos, de escasa estatura, lo sacan a empujones y lo obligan a caminar por interminables pasillos. Llegan a una habitación a oscuras, con un único bombillo de poca potencia. Dentro, lo espera un oficial de alto rango (inconfundible); lo sientan en una silla y antes de abrir la boca un grueso tomo del Capital se estrella contra su parietal izquierdo:

—¡Cuenta! —susurra el de los galones desde la penumbra.

—¿Contar qué?

—Tú sabes...

—Yo no sé nada. No entiendo...

Los guardias se miran, uno murmura algo acerca de un gallito comepinga y otro le descerraja el segundo tomo, esta vez en pleno rostro y con el lomo. Le sangra la nariz (tabique destrozado). Dolor insoportable, lágrimas que estallan en los párpados cerrados, apretados, y aullidos de verdad.

Entonces despierta, empapado en sudor, junto a la rusa, que en ese instante gruñe algo intraducible.

Se viste con prisa.

Huye hacia la realidad...

17

Ocho a eme. El calor y la humedad son ya insoportables (la atmósfera supera todo instrumento de medición: algo indescriptible flota en el ambiente). La guagua avanza hacia el matadero de lo cotidiano (gente guindada de puertas y ventanas, toqueteos en su interior —pescado matutino—) y al fin se detiene en la intersección de dos avenidas atrapadas en el tiempo. Ya cansado, camina hacia el trabajo con la certeza de la inutilidad —el descontento, la atrofia, el silencio del día a día—: la oficina lo espera como la semana pasada: no hay sorpresas ni cambios ni novedades. Agotada la épica sólo quedan el aburrimiento, el ausentismo y la pereza (la conciencia es volátil; sin retroalimentación se raya, la aguja salta y se torna incomprensible —inasible—, inescrutable). Todo carece de definición; la suciedad borra las formas más elementales (el robo es una práctica legítima): el chantaje cohesiona; la decadencia se disfraza de progreso y aun así el disco sigue girando (la aguja se traba, salta y retrocede): el desconcierto es la única certeza.

Lo sabe: hoy nada saldrá bien. En días como éste la vida le parece un vano ejercicio literario, un poema experimental, un tratado de lo inútil y lo innecesario, y camina despacio, con la vista clavada en el suelo, con ganas de caer en la cuneta y morir aplastado por la costumbre. Enciende un cigarro, suelta el humo y mira patrás (más allá del tiempo). Piensa que después de todo la realidad es un sitio extraño, al menos aquí. Decidido, da media vuelta, camina en dirección opuesta. Se monta en un perol con tufo a luzbrillante, apretujado entre seis desconocidos.

A través del parabrisas ve el mundo rayado pasar, como un disco en el que todo ocurre (la ciudad, blanca de tanta luz, la gente en las escaleras, portales y balcones mirando al vacío; colas y desperfectos). El chofer no deja de quejarse: la gasolina, las gomas, los repuestos (gramática de la locomoción, verbo en movimiento perpetuo). El capitolio: fotógrafos ambulantes, turistas, adolescentes fugados, pepillas a flor de piel, policías observadores, adultos entregados a la inequívoca dialéctica de la vagancia...

Camina. Observa las conversaciones:

—¡Candela pal sindicato! —grita alguien.

—Aquí todo se compra y se vende, chico.

—¡Comepinga! —responde otro.

—¡Tu madre, singao! —oh, conato de bronca—: ¡Tú lo que eres tremendo maricón, paquelosepa!

—Pírate, consorte —la turba se alborota (la moral en candela): ética de la puñalá y del timbrazo en el pecho.

—Vete echando, que esto está en llama...

La monada, la perseguidora. Llega al paradero y pide el último. Gente en todos lados —discos rayados que nadie escucha (estadística para el discurso o el cuadre de caja)—. Y sin embargo, no son ellos los que sobran, piensa: el sobrante soy yo.

18

Santa María, arena hirviente, discos rayados en tanga o en bermudas. Observa a un grupo de jóvenes que miran hacia el mar con una mezcla de fatalismo y ansiedad (la lejanía parece tan lejana desde aquí): la esquizofrenia es normal en este disco rayado —cara a, cara b—: remezcla que no lleva a sitio alguno, fenomenología bipolar. Camina descalzo con los bajos del pantalón doblados (hombros doblegados, vista abajo). No hay una sola sombra en toda la playa (el olor del salitre seduce como pocos), bambolea su osamenta y se sienta en un extremo, lejos del tumulto.

Fuma frente al mar, piensa que nada lo ata aquí —y ahí, sentado en la arena, se pregunta por qué (¿para qué?)—. Su vida transcurre con una lentitud pasmosa (a la Tarkovsky) y todos sus viejos sueños se han ido diluyendo con el concurso implacable de la realidad. Si al menos fuera feliz con su trabajo —ni eso: burócrata menor, soportando jefes infinitamente más mediocres, piensa—; tampoco se trata de una cuestión material: sus necesidades son mínimas: viviría más o menos igual en cualquier parte del orbe. Se trata del choque entre la realidad y él: la inercia que le impide salir del estancamiento; el falso dilema que lo ata a la nada.

El calor es criminal —derrite neuronas, incita a la violencia, decuplica la fecundidad—. No hay una cerveza en kilómetros a la redonda (ni agua, ni malta, ni nada que pueda comprar en moneda nacional): Nada me pertenece, piensa: y yo, ¿pertenezco a algo? (el disco rayado suena con insistencia). De pronto aparece un grupo de jóvenes cargando un extraño objeto a medio camino entre un ready-made y un armario roto (lo llevan entre seis o siete); tiran el artefacto al agua y lo abordan. El espectáculo atrae a una horda de curiosos:

—¿Se van?

—Nos vamos pa la pinga de aquí.

—Directico pa la Yuma.

—Buen viaje, caballeros.

—Asere, llévenme, no sean singaos...

El armatoste flota de milagro; al grito de eureka se hacen a la mar, remando con palos de escoba. Todo es rústico (la balsa, los remos, la tripulación, el país). Los curiosos arman tremendo alboroto (unos sonríen, otros parecen preocupados) y él acaba por acercarse también, con preocupación y envidia. Le sorprende que no haya acusaciones —¡gusanos!, ¡traidores!— ni otras lindezas similares; al contrario: la gente parece ser parte de la odisea (el entusiasmo es contagioso). Las olas mecen la embarcación acariciando lo que debería ser la quilla, y seis o siete rostros ríen como chamas con juguete nuevo: no van a llegar, piensa, viendo la balsa que se aleja y desaparece tras las olas.

19

Durante una hora los curiosos se mantienen en el mismo sitio, hablando entre sí, contando lo que han visto a otras personas que se acercan (moscas, piensa, rondando el disco rayado de la mierda). Había elegido este rincón por ser un lugar tranquilo y de pronto se vio invadido por la realidad. Siempre ha habido locos que se tiran al mar en balsas inconcebibles; lo inconcebible ahora es que suceda a plena luz del día. Se pregunta si ha estado demasiado sumido en sus pensamientos al grado de no ver lo que ocurre a su alrededor, o si las cosas pasan demasiado rápido y él, envuelto en su comepinga metafísica, no logra retener los acontecimientos. Es como si su memoria se hubiera subordinado también al gran disco rayado que rige la vida: memoria selectiva, memoria aconejada, memoria límpida, correcta y destilada de impurezas.

Hace el camino de regreso. Entra al apartamento, se quita la camisa (pone un casete de Mussorgsky) y llama a la oficina, inventando una excusa. El administrador lo tranquiliza:

—Eso no tiene importancia, chico; pero no dejes de ir al médico —él nunca ha faltado al trabajo (a pesar de detestarlo) así que su ausencia es causa de preocupación—: ¿seguro que no estás enfermo?

—No, compañero, es sólo... un pequeño malestar.

Cuelga: ron, cigarro, sofá. Coge un libro al azar, lo abre en cualquier página, cualquier párrafo, cualquier línea, y lee a partir de ahí, sin prestar atención.

El disco rayado de la vida cotidiana se sobrepone a la historia y por supuesto, a cualquier alucinación en torno al futuro (lo único que en verdad importa es el hoy): lo demás, paja mental. Se encierra en el baño con la rusa en la cabeza (aprovecha que está entrando el agua y se ducha sin prisa): eyacula embarrando las paredes (se le aflojan las rodillas). Seca su cuerpo con una toalla vieja, deshilachada; luego defeca: es ya un hombre nuevo.

20

Despierta con un rayo de sol torturándole el ojo izquierdo, el zumbido del ventilador instalado en ambos tímpanos y la viscosidad del verano empapando sábanas y almohada. Sin pensarlo llama a un doctor amigo pidiendo un justificante médico (se citan en un parque de la infancia); coge la cámara, algunos rollos de película vieja y sale pafuera. Camina por el malecón hasta la punta (cruza por el túnel de Quinta) y se sienta a esperar. ¿A esperar qué? A que el disco rayado de lo inevitable actúe.

Una hora más tarde un grupo de adolescentes se acerca a la costa con tablas, sogas y barriles vacíos. En poco menos de cuarenta minutos arman un artilugio flotante de escasas dimensiones (con un tubo inventan un mástil y varias sábanas hacen de vela). Algunos galones de agua y latas de galletas servirán de sustento a la tripulación. Los chicos preparan la balsa —él fotografía el proceso— hasta que uno de ellos (no más de diecisiete años) se acerca y con todo el descaro del barrio lo interroga:

—Chico, ¿tú eres policía o qué bolá contigo?

—No, no, no, qué policía de qué, desmaya eso, anda.

—Ná, es que te veo ahí tirando foticos, asere.

—Yo sólo soy un testigo de mi tiempo...

El adolescente lo mira como se mira a un poeta incomprendido:

—Tú lo que eres tremendo chivatón, paquelosepa —y da media vuelta, dejándolo de pie, cámara en
mano, sin tiempo pa mandarlo pal coño de su madre.

21

Acaba el primer rollo cuando el artefacto flotante se aleja con su cargamento de hartos de todo, sin nada ya que los retenga. Mientras la balsa avanza hacia el estrecho él retoma el camino a casa (arrastrando los pies) preguntándose en qué momento el sueño del futuro quedó anclado en el pasado: Todo aquello que se suponía habíamos dejado atrás —piensa— vuelve otra vez (todos los vicios del *ancien régime*, pero today) como una tuerca que se va de rosca o un disco que se raya, dando vueltas en el mismo sitio.

Todo es violencia, piensa: Los ánimos están siempre al límite y cualquier excusa, por leve que sea, basta para desatar el crimen. El hambre alimenta, la desesperación es la única esperanza, piensa. Llega al parque (frente a un teatro) donde encuentra a su viejo amigo. Sentados en el borde de la fuente sin agua, el doctor le entrega el papel que lo oficializa como enfermo, liberándolo del trabajo por unos días. Ambos fuman —viendo a los niños pasar— y rememoran los tiempos en que eran también niños y jugaban a ser agentes de la seguridad:

—Me voy —anuncia el médico—: Esto ya no da para más.

—Lo sé —responde él—: Lo sé...

Se despiden con un abrazo, sabiendo que será el último, el hasta luego final. Llega a casa y se tira en el sofá, cansado, sin ganas de pensar. Se siente viejo, flaco, sucio, perdido —¿qué ha cambiado desde ayer?—. Vuelve a preguntarse si no es más que un esteta atormentado, y no sabe qué responder. Por un lado, como cualquier otro en este disco rayado vive inmerso en la épica de la dignidad pobre pero coherente, del sacrificio como *modus vivendi* y la resistencia como superación; por el otro —se tortura—, no entiende por qué la pobreza es una obra de arte, o el máximo escalón de la evolución social.

22

El atardecer es lento, un caluroso microinfierno en medio del verano: una modorra tan grande como el mar se apodera de la vida. Se hunde en la somnolencia dejándose llevar por imágenes plagadas de tiburones y cadáveres; sueña que apuesta al ocho (muerto) y al diez (pescado grande), ganando un viaje al otro mundo. Despierta bañado en sudor. Son las nueve, lo sabe por los miles de televisores que a su alrededor sintonizan la novela a todo volumen (la ciudad se paraliza a esa hora, pendiente de amores y dramas ajenos). Se arrastra hasta el baño a echarse un poco de agua, como ineficaz remedio contra el calor. Después prepara una comida ligera, fresca, y dedica su noche a una película de ciencia ficción. Duerme en el sofá, con el televisor encendido, la puerta del balcón abierta y la escasa brisa estival endulzando su largo sueño.

23

Despierta a las seis y media. Toma un café cargado y sin azúcar y lo bebe en el balcón, mirando al mar. Baja a la panadería, donde la gente refunfuña de pie en espera de su ración diaria. Vuelve al apartamento una hora más tarde, sabiendo que es un privilegiado, que no depende, como otros, sólo de su salario y la libreta: los dólares que madre envía alcanzan para adquirir algunos lujos: mantequilla, yogur, leche, y le permiten comer de forma impensable para muchos de sus vecinos.

Devora su desayuno y fuma el primer cigarro del día con radio reloj al fondo. Lee una novela rusa. Está de excelente humor, ha dormido bien (pese al desastroso estado del sofá) y tiene varios días libres que podrá sumar a sus vacaciones. Las noticias no dicen nada nuevo (nada que no haya oído ayer, o la semana pasada, o el mes anterior) y poco a poco deja de prestarle atención a la monotonía de los locutores. La novela, en cambio, lo atrapa a cada página, hundiéndose en la tragedia anunciada de un personaje anónimo y cotidiano, tan lejano, tan ajeno, que acaba por sentirlo próximo.

Hacia el mediodía prepara un almuerzo frugal y sin dejar de leer lo devora en pocos minutos. Lava el plato y la sartén cuando oye voces en el pasillo —primero no hace caso, pensando que se trata de un asunto privado, luego, poco a poco, comprende que es algo menos habitual—. Se suman nuevas voces, se hacen preguntas al aire y afirmaciones concretas (escucha la expresión «muchos muertos», y ya no tiene dudas).

—¿Qué pasa? —pregunta al asomarse al pasillo, donde un grupo de cinco o seis personas discuten sin parar.

—Mi sobrino —comienza a contar una octogenaria—, que trabaja en el puerto, me llamó hace un ratico: que unos individuos se robaron un barco.

—¿Un barco? —pregunta asombrado.

—Sí, sí, un barco de esos que trabajan en el puerto —un remolcador, acota alguien—. Lo secuestraron para irse del país y parece que se hundió al salir del puerto.

—¡Lo hundieron! —exclama un vecino, conocido por sus opiniones extravagantes.

—¡Cómo lo van a hundir: se hundió! —replica un compañero viendo a los ojos al extravagante (una sonora y sarcástica carcajada se deja oír por ahí).

—Pero ¿cuándo fue eso?

—Anoche, en la madrugada, no sé.

—Yo estuve escuchando la radio toda la mañana y no dijeron nada.

—Pero ¡¿qué coño van a decir, si lo hundieron ellos mismos?! —insiste el extravagante (el compañero lo mira atravesado).

—¿Y hay muertos? —pregunta él.

—Parece que muchos, pero mi sobrino no sabe cuántos. Dice que cuando se entere de algo más me llama otra vez.

—¡Esto debe ser obra del enemigo! —grita el compañero inflamado de patriotismo.

—¡Claro! ¡Si el enemigo está en casa...!

La discusión se paraliza cuando otro vecino aparece con uniforme de pies a cabeza (rostro serio, pistola al cinto) y caminando deprisa pasa junto al grupo.

—Entonces, ¿es cierto? —le preguntan.

—Yo sólo sé lo que me dijeron por teléfono: que ocurrió algo muy grave y que me presente en la unidad lo más pronto posible —hace una pausa—: Pero esto no me gusta —dice, antes de ser tragado por las escaleras.

Vuelve a su apartamento, el tiempo necesario para ponerse zapatos, cambiar el rollo de la cámara y salir a la calle, donde el sol le parece más hiriente que de costumbre. Camina rumbo a la bahía, observando atento —aunque fingiendo distracción— los corros que se forman en las esquinas, en las colas y en el malecón. En apariencia, el disco rayado de la vida cotidiana sigue intacto, repitiéndose como cada día; en el fondo, en lo profundo, algo se mueve, se disloca, se fractura.

Llega a la parte más antigua de la ciudad y se interna en el puerto. Hay muchos guardias (ornato público): No puede acercarse. Un policía le corta el paso y con majestuosa amabilidad lo invita a que se largue, compañero. Tira algunas fotos. Un pequeño grupo gesticula señalando hacia el morro y luego mar adentro —él se acerca—: uno de los tipos afirma:

—Que sí, compadre, anoche yo estaba aquí mismo apretando con la jevita y lo vi todo, asere.

24

Se detiene frente a la puerta de la octogenaria, dudando un poco. Antes de tocar el timbre ella abre, pendiente siempre de cualquier movimiento en el pasillo (el chismerío vecinal, sin duda con injusticia, la tilda de chismosa).

—Eh... Quería saber si tiene noticias de su sobrino... Ya sabe, por lo del puerto.

La octogenaria mira a ambos lados, como en una mala película de clandestinos, y murmura conspirativa:

—Es mejor hablar adentro.

La casa es un museo de objetos inútiles: matrioshkas, imágenes de santos y adornitos chinos de escaso valor estético, piensa. Se sienta en un sofá rojo forrado con nailon transparente y lleno de cojines y muñecas plásticas. La cocina es de los años cincuenta: el frigidaire y las estanterías, todo formica y esmalte, curvas en las esquinas y proporciones alarmantes en el contexto de ese pequeño espacio. La octogenaria sirve una tisana en tazas que parecen de porcelana (¿lo son?), y dispara su parlotear:

—Dice mi sobrino que no hubo accidente alguno —él enarca una ceja—, que hubo órdenes superiores de impedir a como diera lugar que se llevaran ese barco —él finge sorpresa—, que primero les lanzaron agua a presión para barrer la cubierta —como los bomberos, agrega ella— y luego comenzaron a embestir la embarcación hasta que se hundió.

—¿Se hundió? —pregunta él.

—Sí, bueno, los muchachos tenían órdenes de pararla, no de hundirla —y la octogenaria, con un gesto de lo más coqueto, le guiña un ojo mientras lo mira fijamente con el otro—: Eran unos setenta, y al menos treinta se ahogaron.

De vuelta en su apartamento sintoniza radio reloj a ver si dicen algo. Sabe que siempre es así; ante la ausencia de información sólo quedan la especulación y el chisme. Las noticias corren de boca en boca distorsionándose en el camino (como un maldito disco rayado) hasta convertirse en leyendas urbanas de más que dudosa veracidad. Se propagan como un virus en este organismo sin defensas, haciendo imposible la distinción entre realidad y fantasía, metarrelato y ficción. Carecen de fuentes verificables, piensa: como las noticias, tan improbables como inciertas (el próximo año la producción aumentará en un nosecuánto por ciento; el contrato comercial con China elevará nuestra capacidad de consumo en un mastanto por ciento, rezan los titulares en la radio). Come con desgano arroz y huevo frito, sin dejar de preguntarse qué va a ocurrir ahora. Se queda unos minutos en blanco, mirando absorto la pared. La pregunta vuelve, obsesiva, y la pared no responde.

25

Sube con la rusa. Sabe que ella capta cada día la radio extranjera: la encuentra así, al lado del aparato. El disco rayado de la denuncia de ultramar resuena en la sala de su pequeño apartamento, cuadrado y soviético como el edificio. La rusa se muerde el labio, preocupada. La naturaleza política ha operado en ella desde la infancia: pequeña, recibía cartas de sus padres, huéspedes siberianos, y en algún momento de su vida ella misma fue acusada del crimen capital: hacer negocios.

La enviaron a esta isla inhóspita, última oportunidad para ir al cielo de los justos: Vino a redimirse y terminó bisneando, piensa. La observa a hurtadillas (su belleza dura, rígida, y esa cálida sonrisa suya). Piensa que ha llegado a quererla, y se asombra: concluye entonces que es la única cosa entrañable en su vida. Ella pregunta:

—Tú también te vas, ¿verdad?

Se miran durante minutos, quizá años, y él no responde. Conversan en silencio, acompañados por los ruidos apagados de la ciudad y por un lamentable bolero que la radio con desgano escupe.

26

Llama a un ex compañero de la facultad, cuyo interés por la mecánica de las cámaras lo llevó a apasionarse con la fotografía misma. Va a visitarlo justo después de la novela con una botella de ron, cigarros y dos rollos sin revelar.

La cocina se transforma en un pequeño cuarto oscuro; sobre la meseta aparece una ampliadora checa, cubetas con revelador, fijador y agua, y pasan la siguiente hora revelando e imprimiendo algunas copias.

—La cosa se pone fea —dice su amigo con acento peliculero—: Esto es un naufragio y las ratas abandonan el barco. Óyeme bien: la revolución ha fracasado —dice, no exento de grandilocuencia y provocación *(enfant terrible),* piensa.

Antes era un gordo inmenso, pavarottiano, con un ánimo del tamaño del universo; ahora es flaco, anodino, sin carisma. La anemia lo despojó de su identidad. Con la barriga desapareció su optimismo, como si ésta fuera la medida exacta de la esperanza y la felicidad:

—No sólo fracasó —continúa—, sino que insiste en arrastrarnos en su naufragio. ¿Y qué coño podemos hacer? ¿Te das cuenta que siempre fuimos parte de esto? ¡¿Qué vamos a hacer ahora?! —grita ex gordo, al tercer o cuarto ron.

Él enciende un cigarro y se limita a esbozar una sonrisa de payaso viejo y mal pagado, y comienza a parafrasear:

—Primero se hunde esta isla en el mar...

—Ése es el problema —interviene ex gordo—: la isla se hunde y no podemos culpar a los demás. Nos torpedeamos nosotros mismos. Óyeme bien: nosotros mismos.

—Por cierto —interviene él como si la cosa careciera de importancia—: ¿sabes algo del remolcador que hundieron?

—¿Qué remolcador? —revira ex gordo—. Chico, ¿tú no has aprendido que las cosas sólo ocurren si el noticiero dice que ocurrieron? ¿Tú has oído alguna versión oficial? —ante el gesto negativo, ex gordo continúa—: si nada han dicho es porque nada pasó. Y eso no se discute, compañero.

Ronean durante horas. El alcohol convoca a la inevitable nostalgia, ese disco rayado del pasado remoto...

—¿Y mis fotos? —pregunta él—. ¿Qué te parecen?

—Chico —responde ex gordo—, viniendo de un principiante no están mal. ¿Qué cámara usas?

—Una Kiev —responde él.

Ex gordo lo mira con sorna:

—Consorte, eso no es una cámara, sino un artefacto inútil para la práctica fotográfica contemporánea.

—¿Qué?

—Que tires esa mierda a la basura, chico, eso no sirve pa ná —se acerca ex gordo a un armario lleno de piezas y cámaras y vuelve con una Pentax negra (vieja, sólida), dos lentes (un treinticinco y un doscientos) y un flash—: Esto es un equipo básico pero decente. Es un préstamo —agrega—. Lo único que te pido es que hagas buenas fotos. Esto ya no dura mucho: estamos haciendo historia, compañero.

Se despiden y emprende el retorno a casa. Recorre la noche dando tumbos, rebotando entre muros y dudas: no hacemos historia, piensa: nos dejamos llevar por ella. Como las corrientes del mar. Nos alejamos de la costa. Ayunamos a la deriva: la Historia nos arrastra. Tras décadas de domesticación ahora se rebela. Incapaces de transformarla, nos pasa la factura.

Un día se raya...

27

Golpean la puerta con rencor. La resaca lo tiene petrificado. Durmió con la ropa puesta, zapatos incluidos, y ahora, con más que discutible equilibrio, se levanta. A la octogenaria se le transfigura la sonrisa al verlo, aunque su educación le impide expeler un comentario vulgar o inapropiado.

Le muestra el periódico:

—¿Tú ves?, te dije que había sido un accidente —dice ella señalando un párrafo—: «Irresponsable acto de piratería... Desafortunado accidente».

—Bueno —murmura él—, creo que ya podemos tener la conciencia tranquila.

La octogenaria sonríe:

—La conciencia quizá; todo lo demás es inquietud —y se va, cerrando la puerta con delicadeza.

El administrador al teléfono:

—Óyeme... Ya sé que estás enfermo pero hace falta que te presentes esta tarde; va a haber un mitin relámpago. Supongo que leíste el periódico de hoy.

—Así es, compañero, una vecina me lo trajo. La verdad es que desde que oí el rumor he estado al tanto de las noticias.

—Muy bien —casi puede imaginar al administrador golpeándole el hombro con condescendencia—: como tú comprenderás, no podemos permitir que unos vendepatrias drogadictos y criminales se salgan con la suya. Tenemos que hacer algo. Y algo enérgico...

—Desde luego, compañero. La patria es lo primero —y cuelga.

28

La patria como ajenidad, que exige la muerte de quienes la componen, piensa. Institución rodeada de enemigos, siempre paranoica nos convoca. Le debemos todo. Nuestra obligación primera es con ella. Sin ella nada somos, piensa.

Se sirve un café y una aspirina, después una tortilla. En la radio hablan ya de lo ocurrido y él intuye que este tipo de acontecimientos generan otros similares. Pasó cuando el Mariel, piensa (el fuego se extendió por el país como si éste fuera un cañaveral seco). Son las tres y media cuando sale hacia la oficina; cortando el ambiente enrarecido de la ciudad. Las guaguas y las máquinas avanzan por inercia, la gente se adormece, los edificios se derriten dalinianos: surrealismo tropical.

29

El mitin lo preside un tipo flaco y más bien joven (bigote bien cortado, pulóver del veintiséis, pitusa nacional) que explica con voz de agitador por qué hay que estar alertas y prevenir (recalca el verbo) cualquier acontecimiento fuera de las normas establecidas.

—¿Prevenir? —pregunta alguien con fiereza.

—¡Y por la fuerza, si es necesario! —chilla el orador al borde de la histeria o del éxtasis—: ¡Sí, compañeros! ¡Por la fuerza, si es necesario!

En ese instante, sin saber por qué, él levanta la mano, se pone de pie y, con voz pausada, afirma:

—Yo no voy a reprimir a nadie —y se hace un silencio aciago. Decenas de rostros se viran hacia él (la escena transcurre en cámara lenta, con poca profundidad de campo), boquiabiertos.

—¡¿Qué tú dices?! —pregunta el orador entre la sorpresa y la indignación, poco habituado a que le digan No.

—Digo que yo no voy a reprimir a nadie —responde él con firmeza; y sin agregar más saca del bolsillo el carné del partido, se acerca y lo deja caer sobre la mesa, sin heroísmo, como si fuera lo más natural, lo obvio, lo único posible en las actuales circunstancias—: No voy a reprimir a nadie.

Y da media vuelta y se va.

30

Está cansado. Su mundo se derrumba: recibe citatorios, lo investigan, hurgan en su existencia. Perdió el trabajo, claro, le quedan sus escasos ahorros y algo del dinero que madre envía. Con la mancha en el expediente ya no hay nada que hacer: sabe que está jodido. En el balcón, en calzoncillos, sigue los acontecimientos como si con él no fueran —observa, calcula—. Se viste con ropa ligera y sale hacia el malecón. Lleva la cámara colgada al hombro.

Todo comienza de golpe. Fotografía a un grupo reunido en una esquina. Luego se acercan otros, más tarde otros, y en un instante, como si se tratara de una obra teatral —un *performance,* un *happening*— comienzan todos a gritar ¡abajo! y ¡muera! (parece el fin del mundo, o al menos su anunciación). Y de ahí palante. Por primera vez en su vida asiste al bello espectáculo de la manifestación espontánea, no al disco rayado del evento programado. Ser testigo de una verdadera, aunque mínima, revuelta hace que por un segundo recobre el optimismo.

Las vidrieras caen bajo el peso de los cambolos, y las cabillas se hacen presentes. Una turba de las brigadas nosequé aparece en una esquina para aplastar a los revoltosos: la batalla es campal (medieval): una horda contra otra, tubos y piedras como armamento —gritos de guerra, cráneos abiertos, ojos perdidos, vidas...—. Lo impensable se hace realidad, aunque sólo por un instante. Horas más tarde aparece el gobernante en su yipi, rodeado de los suyos. Las calles se llenan de fieles antes ocultos. Resuenan los ¡vivas! El fuego se extingue...

31

Durante semanas vaga con su cámara por las costas de la ciudad, fotografiando el mundo que se fuga —los rostros sonríen ante la aventura de la huida, la provocación adolescente de la escapada de casa—. Asiste con asombro al inusual espectáculo de los policías que observan sin intervenir (no hay golpes ni detenciones, sólo vigilancia distante). En el malecón se forman grupos para dar ánimo a los que parten (aplausos, deseos de buena suerte, gritos de apoyo): fiesta colectiva, despedida en masa, misa alegre. Liturgia. Jamás pensó que el disco rayado de la vida cotidiana pudiera sonar de tal manera, que la ciudad se transformaría hasta ese punto. No es que la sociedad se desintegre, es que en este mismo instante no hay cuerpo social (Somos depredadores, piensa: tratando de devorar al prójimo). El hambre nos hermana, sí, pero también nos convierte en presa del más fuerte —y siempre, piensa, hay alguien más fuerte que uno—.

Todos los días se oyen noticias (o chismes, cómo saberlo) de los que llegan y de los que no. Familias enteras desaparecen en el mar —estadística, tema de conversación—. Semanas y semanas viendo cómo se vacía la ciudad; no hay día en que no se entere de algún amigo o conocido que ha partido (el médico, ex gordo, su ex esposa, tantos otros): a la novela de las nueve la sustituye la de la vida diaria. El disco raya-

do de la política se repite una y otra vez: peones sa-
crificables, el estrecho es el tablero: somos dispensables,
desechos arrojados al mar, piensa.

32

Un ruido —un chasquido— y reinicia el ciclo. Insomne: se acerca la hora. La tormenta golpea el litoral, las olas se levantan contra el muro, el viento suena como un fagot roto y la oscuridad natural coincide con el apagón programado. Se instala en la cocina con media botella, a la luz de una vela (una mancha negra atraviesa el barrio, fundiéndose con el mar). Las horas no pasan —el tiempo se estanca—. Las voces de los ciudadanos no se oyen. Coge su mochila (llena de negativos y rollos sin revelar), se envuelve en un impermeable y cubre la cámara con una bolsa plástica. Sale. Encuentra a los demás mientras preparan la balsa, arreglan los últimos detalles. Se trata de un armatoste de madera de unos cinco metros por dos, con tanques de petróleo a modo de flotadores y un motor de lavadora rusa fuera de borda: Sólo nosotros somos capaces de llamar balsa a esta mierda, piensa. Cargan las provisiones (agua, pan duro, compotas robadas de nosedónde), los aparejos (brújula, binoculares de juguete, una bengala que nadie sabe si sirve, pita y anzuelo) y hablan sin parar. Él registra el proceso bajo una lluvia inclemente, impertinente. Lo vive como un fotorreportaje (el suyo: el que lo hará famoso al llegar, su despedida del anonimato y la mediocridad, su verdadera profesión, piensa). Todo está listo. Se lanzan. El mar se antoja infinito...

33

Amanece cuando la balsa se aleja dando tumbos sobre el oleaje (bajo la lluvia, golpeada por el viento, sujeta a los vaivenes del azar). Por primera vez en su vida ve la ciudad desde el mar y piensa que parece una puta vieja y decadente que no ha perdido del todo su belleza. Piensa también que la va a extrañar.

A eso de las diez encuentran un guardacostas. La lancha se acerca y les preguntan si llevan lo necesario (la decena de fotógrafos, camarógrafos y periodistas que van con los guardafronteras insisten en entrevistarlos a gritos). Él, a su vez, fotografía a los uniformados. Les dicen que los va a coger el ciclón en pleno estrecho, que mejor vuelvan y lo intenten en unos días.

—¡Ni pinga! ¡Nos vamos!

Él, mareado, coincide con los guardacostas. Sabe, empero, que no hay marcha atrás: los dados giran en el aire.

A las cuatro, el mar parece una cordillera de montañas negras y cimas nevadas; el cielo es un negativo de sí mismo, el sol ya no existe y todos comienzan a intuir que, en efecto, llegó el ciclón. El oleaje ha desprendido uno de los bidones que los mantienen a flote y la balsa, coja, hace lo que puede por continuar su divagar. Se culpan unos a otros, el desastre se avecina —uno llora, otro reza, alguien ríe la risa del histérico, y así sucesivamente, recorriendo los estadios de la comprensión del fracaso—. Él, en una esquina, fotografía la escena con pulso sereno. Quiere fumar pero a estas alturas los cigarros se han convertido en una pasta maloliente, carente de identidad. La cámara está empapada; intuye que estas fotos nunca podrán revelarse.

Remontan una ola kilométrica; desde la cima ven la boca del abismo. Durante segundos eternos contemplan los dientes del mar (la garganta de Neptuno, el hocico del fin) e inician el descenso conscientes de que todo acaba. Otra ola los golpea de lado: la barca se tambalea, se desmorona.

Al llegar al remolino se hunden, girando como un disco rayado.

A treinta y tres revoluciones por minuto...

Sadirac, Francia, 2007 - Ciudad de México, 2014

La espiral de Guacarnaco

Guacarnaco Cool salía todas las noches a pistear por el barrio. Caminaba bamboleando su flaco cuerpo, castañeando los dedos con ritmo, el hombro izquierdo más caído que el derecho, inclinado como cierta torre para él desconocida. La mano zurda colgaba con los dedos extendidos y el otro brazo, marcando un cadencioso tumbao. Al caminar arrastraba ligeramente una de sus larguísimas piernas, y lo hacía con el torso un tanto echado al frente, mirada al piso y cigarro entre los labios. Aparentaba desgano a cada paso pero sus ojos incansables sondeaban los rincones de la noche.

En una esquina divisó a Yunisleidi —«¡có-mo-me-gusta-esa-jebita, cabaiero!»—, una mujer de trece añitos que traía de cabeza a todos los varones del barrio y a todas las novias y esposas a un paso del homicidio. Estaba también Mongo, un friki callado y loco más inofensivo que el pan —siempre en su planeta de jevi métal y pastillitas rosadas—; y también Diablo, un prieto prieto y cuadrado, duro como el concreto y con un serio desbarajuste cerebral (se decía que le faltaban engranes, tuercas, tornillos y hasta arandelas): en fin, un toro de veintidós abriles siempre presto a la lidia. Todos en el barrio recuerdan el día que Diablo salió del tanque —cumplió dos años por disturbios en la vía pública, agresión y resistencia al arresto (cuentan que tumbó a siete guardias antes de que pudieran con él)— y al abrir la puerta de su cuarto, en el solar, y ver la tremenda barriga que su jeba portaba, secamente preguntó «Quién» y, para cuando ella terminó de pronunciar el nombre de la futura víctima, él ya le había roto cuatro dientes y zafado la mandíbula a ella: «Pa que aprendas que a este negro nadie le pone los tarros; tú, resingá». Y le pateó con tanta fuerza el vientre que el feto, en forma de hemorragia, huyó de la matriz. A continuación fue a buscar al pobre imbécil que tuvo la ocurrencia de singarse, precisamente, a la mujer del matón del solar («Un guajiro de oriente que vino a morir a la capital», dicen que está escrito en su lápida), y lo molió a palos delante de todos, en plena calle, bajo el sol de agosto. Diablo se perdió del mapa antes de que llegara a la cana. Desapareció durante meses.

Cada vez que Guacarnaco recuerda ese fatídico día, se le revuelve el estómago. Claro que él estaba ahí, como todo el mundo. Estaba tan ahí, que se quitó las gafas para ver mejor y un chisguete de sangre le salpicó el ojo, otro el pulóver nuevo y uno más el zapato blanco. Estaba tan ahí que cuando llegó la policía fue al primero al que cogieron —se quedó petrificado, ésa es la verdá— y fue, también, el primero en salir: en el solar se murmuró entonces que Guacarnaco había hablado de más...

Diablo, meses más tarde, reapareció por el barrio. Dijo que se había ido a la sierra, con una mulata cualquiera, y que ahora estaba listo pa matar al primer comepinga que se le atravesara en el camino.

Esa noche Guacarnaco saludó a Diablo temblando, aunque hacía más calor que de costumbre y ninguna brisa movía las hojas de los escasos arbustos. Guacarnaco cogió aire, siseó profundamente y un breve saludo escapó de sus labios:

—Aaassssere.

—Mi ekobio —respondió Diablo, casi azul bajo la lámpara de tungsteno.

Yunisleidi le dio un beso de lo más sonoro y puteó un rato con Guacarnaco, calentándolo con frialdad, jugando con él. Mongo apenas levantó la vista, murmuró algo, y siguió concentrado en el ruido que los audífonos inyectaban en sus tímpanos. Vestía Mongo un tísher negro de Destructorum («post-apocalyptic death metal», aparece escrito en la espalda) y unos pantalones negros entubados. Su cabello de alambrada de campo de concentración resultaba un verdadero peligro para el prójimo, ente absolutamente desconocido para él. Yunisleidi vestía unos shorts de licra de un color entre limón y pollo, y un topecito rosa que parecía desvanecerse en su pecho. Diablo, fiel a su costumbre, llevaba una cochambrosa camisa desabotonada y un pantalón azul oscuro, roto en los bajos eternamente pisoteados por la suela de sus chancletas chinas.

Guacarnaco era otra cosa, claro: «Un mulato fino», aseguraba él. Se paseaba por el barrio con zapatos de dos tonos, o de charol rojo, o boticas brillantes, y con unos pantalones tan ridículos como sólo él podía usarlos. Las camisas eran un mundo aparte: las tenía de bacterias y de palmeras, de paisajes lunares y urbanos, de supermán y de bruce-lee, rojas, amarillas, azules, carmelitas y moradas; sin olvidar su colección de gorras, sombreros, pañuelos y demás mariconerías que usaba día tras día. Pero él no es pájaro, no qué va, a él simplemente le gustan las cosas lindas. Al menos eso suele afirmar de tarde en tarde, como para dejar bien claro que juega en el equipo correcto. De vez en cuando, y sobre todo cuando están a solas, Diablo lo mira con unos ojos que parecen poner en duda su hombría y eso a Guacarnaco no le gusta nadita-nadita. Inmediatamente siente cómo sus nalgas se contraen y un ronquido expele su garganta: «¡Negro bugarrón!» (pero muy bajito para que Diablo no lo oiga). Enseguida saca Guacarnaco de su inseparable bolso sus inseparables revistas porno y se las entrega a Diablo para que éste se concentre en otros culos y no en el suyo: «Es el vicio del presidiario», piensa Guacarnaco.

Pero esta noche Diablo está de buen humor. Todos fuman populares y una botella de chispaetrén circula de mano en mano y de garganta en garganta. Cada cierto tiempo alguien se acerca sigilosamente a ellos, y sigilosamente secretea con Guacarnaco, y sigilosamente le entrega un billete. Entonces Guacarnaco, siempre sigilosamente, le entrega a su vez un bultico de nosequé envuelto en papel de estraza.

—Aya, Guacarnaco. Estás hecho un lince pal bisne. Todo un don Corleone —le dice Yunisleidi tras el cuarto o quinto cliente.

—¿Y tú? ¿Hoy no trabajas, o qué?

—No seas fresco, chico, que yo sí te bajo tremendo piano, paquelosepa.

—Tú lo único que me vas a bajar son los calzoncillos, mija. Y despúes me vas a mamar el pingón. Anda, échate pallá que viene otro cliente.

—Oye, Guacarnaco —interviene Diablo—, déjame un fori ahí pamí, asere, que estoy estrallao.

—Déjame hacer un negocito aquí, mi socio, y a ver si te puedo tocar con algo. Aguanta, mi hermano, que esto va palante.

—¡Qué palante ni qué pinga, consorte! Yo lo que quiero es un fori, ningún palante, ni ná.

—Shhh, asere, que me asustas a la clientela. Compórtate, compadre, que esto no es preescolar.

—Ay, ya basta ustedes dos, cojones, todo es una singá discutidera en este país de mierda...

—Oye, asere, pero ¿qué pinga le pasa a ésta? —pregunta Diablo bebiendo otro trago.

—Shhh, compadre... —y le hace Guacarnaco una seña pa que se calle.

Guacarnaco, en efecto, atiende su bisnecito como todo un don Corleone tropical, mafioso *cool* y con *style,* asegura él mirándose en la vidriera de la *shopping: Oh yeah, baby.* Gesticula como si bailara un suave *break dance,* dislocándose lentamente, sin rigidez ni tensión... Negocia ahora con un turista alemán y logra tumbarle quince fulas por unas miserables migajas de marihuana.

—Ño, yo sí que soy un mostro, asere. Quince fulitas así namás —aparenta tener un filo en la diestra, y remata—: A la yugular, consorte.

—¡Caballero! —exclama Diablo sonriendo de buena ley.

—Pipo —dice Yunisleidi empalagosa y puta pero reputa—, llévame a bailar, papito. Vamo a gozal tú y yo, mulato...

Diablo miró al piso, Yunisleidi sonrió maliciosamente y hasta Mongo, que de ninguna manera se había interesado en la conversación, se quitó los audífonos y abrió los ojos como platos (como muñequito japonés, vaya) y se hizo un silencio más espeso que el potaje de chícharos. Todos en el barrio saben —o intuyen, y en estos casos es lo mismo— que Guacarnaco padece la más innombrable de las discapacidades masculinas, y una especie de pacto jamás pactado ha mantenido las bocas cerradas, al menos frente a él. Ahora Yunisleidi mira a Guacarnaco con tremenda burla, y éste, rojo, comienza a gaguear:

—Co-co-co-coño, chica, no jodas más, cojo-jones. Vete pallá con tu putería, repinga, que estoy bisneando. Ya no interrumpas más.

Yunisleidi se rio pero ya no dijo más ná, y Diablo, contra toda costumbre, intentó contemporizar:

—Oye, pero la putica esta tiene razón, compadre. Ya hiciste unos faos, asere, eso hay que celebrarlo. Vamo, vamo pal solal que yo tengo ahí guardadito un pomo de aguardiente macho. Vamo, compadre. Anima ese féis, que acabas de hacer tremendo bisne.

Guacarnaco poco a poco recobra lo Cool, y sonriendo con todos los dientes, afirma:

—¡Qué pinga! Tenemos fulas, tenemos fori y tenemos alcohol... Vamo pallá.

***

Están los cuatro en la pequeña escalinata del solar. Frente a ellos, un inmenso charco de aguas pútridas sirve de escenario al combate naval que los fiñes de la cuadra entablan con barquitos de papel, y una rata gorda y peluda corre entre sus pies. Guacarnaco enrolla la hierba con la estraza, y al fumarla, la garganta se le hace tiritas. Bebe aguardiente para cauterizar la herida y fuma otra vez. Yunisleidi se pone de pie y avanza hacia un tipo que la mira con insistencia desde la esquina.

—Ésta ya encontró cliente —afirma Diablo alargando el brazo en busca del fori.

—Y tú, asere, ¿ya no pinchas? —le pregunta Guacarnaco sin mirarlo. Diablo aspira con fuerza el humo y lo retiene casi un minuto, inundándose de cannabis y empalideciendo.

—Ná. Estaba de estibador en el puerto pero qué va, asere, eso es pincha de esclavo.

—¿Y el Turco?

—Ne. La última vez que pinché pa él, todo salió mal. Teníamos que cobrarle unos pesitos a un sapingo ahí que le debía pero se me fue la mano en la calentaíta y fue a parar a emergencias. El Turco se puso de lo más bruto y me dijo que si el fiera ese se moría, a mí me iban a encontrar tó descojonao flotando en el puerto. Más nunca, muchacho, más nunca me acerco al tipo ese. Está quimbao, paquelosepa. Quim-bao —y hace el inconfundible gesto del índice girando en la sien.

Lo que más sorprendió a Guacarnaco, sin embargo, fue la mirada de terror de Diablo ante la mención del Turco, un jabao capirro de dos metros y trescientas libras, capaz de poner en órbita a cualquiera de un solo manazo:

—Ese tipo es malo de verdá. Cuidaíto —y Guacarnaco sintió un temblor bajo su piel.

Yunisleidi desapareció con su cliente durante quince minutos y al volver se detuvo ante una pila casi a ras del suelo para lavarse la boca, el rostro y sí, también ahí, encima de las teticas.

—¡Aya mamaora! —grita Diablo jubiloso—. Ven acá, putica, dame una mamaíta ahí, anda.

—Cállate, so puerco, que yo namá estoy resolviendo —y zarandea frente a la risueña jeta de Diablo un breve fajo de estilla.

Guacarnaco, ya medio curda, comenzó a murmurar con insistencia:

—¡País de pinga este!

—¿Qué te pasa, compadre? ¿Por qué tan patriota ahora, asere? —interviene Mongo sin desconectarse de su ruido.

—Ná, es que esto es una pinga —y pensándolo bien agrega—: Si al menos volviera a ser como antes...

—Como antes de qué, compadre.

—Como Antes, cojones, como Antes.

—¿Y cómo era Antes, Guacarnaco? —interroga Yunisleidi pintándose los labios de rojo bandera.

—Ño, pila de incultos. Antes uno hacía lo que le daba la gana, ¿no lo saben? Los extranjeros venían aquí con una tonga de faos y se la gastaban toa en el bollito de Yunisleidi o en el fori que yo vendo, y des-

80

pués se iban toa la noche a pistear, a beber y a singar...
Si esto era antes el paraíso, chico. Tremendísimo güiro
tó el tiempo. Y toos con fulas y pasándola de lo más
bien. Tremenda fiesta, paquelosepan...

Tres extranjeros aparecen en la esquina y come-
ten el error de preguntarle al Múpet algo incomprensible para él; éste, luego de muchos malentendi-
dos, señala hacia donde están los cuatro sentados.
Guacarnaco se pone de pie con elegancia, mide a sus
potenciales clientes y le susurra a Diablo que suba a
bañarse pero en fa; a Yunisleidi lo mismo («¡y no te
pongas blúmer, que no hace falta!») y a Mongo nada porque de todas formas no lo habría oído. Yunisleidi no dice nada porque de todas formas huele a
fana y quiere lavarse el bollo. Diablo, de mal humor,
intenta protestar pero cuando alza el brazo un fuerte
olor a podrido se le escapa del grajo.

—Ño, mijo. A la verdá que usté es un puerco
—informa Yunisleidi sin piedad.

—Ya, ya. Pero no entiendo pa qué tanta cosa,
consorte.

—Pa que te ganes unos fulitas esta noche, asere.
Pa eso —explica Guacarnaco cerrando la conversación, al tiempo que echa a andar rumbo a la esquina.

Y ahí estaban los turistas, de pie, sin saber qué
hacer y con toda la cara del marciano que, por error,
ha aterrizado en el barrio. Los tres parecen recién sa-
lidos de unos muñequitos rusos: una chica regorde-
ta, rubia y nada fea que al parecer se ha robado cada
prenda de su atuendo de una tendedera distinta; un
tipo con aspecto de bulldog vestido con un mono

azul y un sobretodo verde, y otra mujer con cara de tonta que nunca habló y viste como señorita de colegio inglés. «Tremendos elementos de la tabla periódica», resume Guacarnaco.

—Gud nái, mái frens. Mái néim is Guacarnaco Cool an am yor local díler jiir —pronuncia pastosamente y los otros parecen entender—. So if du yu uan pinga ai jaf pinga for yu, if du yu uan bollo ai jaf bollo for yu, an if du yu uan drogas ai jaf a lor of drogas for yu. Sou, du yu onderstán? Uarever yu uan, an nou márer uat yu nid, áif gáret, an áif gáret ráig foquin náu an ráig foquin jiir —y señala su estrecho territorio con orgullo y provocación—. So, uat du yu uan, aseres?

La gordita no se hizo del rogar y se llevó a Diablo por módicos cien faos —pagados al instante a Guacarnaco— más los gastos de manutención del negrón durante toda la noche. El bulldog se volvió loco y comenzó a babear cuando Guacarnaco Cool le puso enfrente a Yunisleidi, ya bañadita y perfumadita, con un vestidito negro que le marcaba la pendejera y los pezones; y le dijo:

—Shis viryin, pal, is tru, an shi jas de táigtes pusi in dis foquin táun, mái fren. Ai can garantí yu, tros mi —dijo Guacarnaco al tiempo que solicitaba ciento cincuenta fulas por la compañía de la señorita.

Además, pagaron otros cien faítos por una libra de una marihuana de mierda, infumable, capaz de provocar cáncer de garganta a la primera calada. La gorda y el bulldog ya se iban, la mar de contentos con sus improvisadas parejas, cuando notaron que faltaba la caretonta por checar.

Caretonta miró a Guacarnaco con ojos infantiles y suplicantes y éste tragó en seco recordando su último ridículo en una situación semejante (y lo peor fue tener que devolverle el dinero íntegro a la puta oficinista española esa que tanto se burlaba de él); pero siempre queda una carta escondida, y Guacarnaco, jugador experimentado, sacó a Mongo al baile:

—Ji uil roc yu ol náit, mái darlin. Ol náit long, bilivmi —dijo, guiñándole un ojo—. Long —repitió insinuante Guacarnaco.

Mongo no entendió ni pinga pero dopado como vive, se puso de pie, se rascó los cojones y se alisó los cables esos que lleva adheridos al cráneo. Fue alquilado en ochenta dólares, más gastos.

***

Guacarnaco Cool sigue sentado en el portal del solar y de vez en cuando un cliente del barrio se le acerca en busca de fori; y después de atenderlo, Guacarnaco lo apura:

—Agila, agila que me estropeas el bisnecito.

—¿Cómo que agila, compadre? Agila se le dice a los perros.

—Vamos, fuera, shú... ¿Tú no ves que afeas el ornato público, negro? Vamos, muévete, anda...

Y cuando por fin se queda solo, Guacarnaco Cool saca el altero de billetes que carga en el bolsillo, y contándolos y recontándolos, murmura dulcemente:

—Ah, si todo fuera otra vez como era Antes. ¡Si tan sólo volviera a ser como Antes!

Y se ve a sí mismo en un descapotable rojo lleno de jebitas, y se sueña como todo un don Corleone tropical...

Así, muy *cool* y con *style*.

Oaxaca, 1997 - Panamá, 2012

Los supervivientes

Bajo del bus y la estridencia tropical estalla. Revuelvo mis bolsillos en busca de cigarros y sólo encuentro unas colillas y dos o tres monedas. Se acerca un chico vendiendo gafas baratas, imitaciones apenas disimuladas, y elijo un modelo chino con diseño de los blues brothers: fivedollars, dice el chico, y le doy uno más para que me recomiende un sitio barato, no en exceso sórdido: en esta misma calle, responde el chico señalando hacia el norte: no muy largo, a unas doscientas varas, dice. Agradezco y sigo su dedo calle arriba, con la violencia del sol a mis espaldas y el pueblo semivacío y fantasmal. Entro a una pulpería, compro una toña y un paquete de casino y abro la cerveza en la acera, recostado en un tubo, con la mochila a un lado. Luego, sin elegancia, enciendo un cigarro y me olvido del mundo, también del olvido. La tormenta de los últimos meses me trajo hasta aquí, tras rebotar entre fronteras y ciudades sin otro plan que huir de mí mismo, del caos, de la rutina, del hastío. Transcurrieron mil buses, tal vez más, antes de llegar a este rincón perdido en la geografía, apenas un micropunto en el mapamundi. Un pueblo del que jamás en mi vida había oído hablar. Hasta hoy.

Tiro la lata en una caja de cartón con basura. Las sombras del atardecer se alargan mientras camino entre ellas; los pequeños comercios se animan y los turistas salen de la siesta, confundidos con tanto sol. Unos niños pasan en bicicleta y los toreo en medio de la calle. Ríen y río, porque a fin de cuentas me revuelvo en la alegría, a pesar de mí mismo. Unas chicas aparecen en la esquina y las miro con cariño; una me sonríe y ese simple gesto alborota mi pecho: demasiadas caras largas en mi vida, demasiados reproches y querellas, demasiados insultos, demasiadas mañanas amargas y resentidas. Sonrío, inclino la cabeza y toco la punta de mi sombrero con fingida galantería, como he visto hacer en las películas de los años cuarenta, y ella, siempre sonriendo, me lanza un beso como si nos despidiéramos junto a las vías del tren. Entonces veo el letrero: Posada Internacional. Una señora de mediana edad se acerca y sin disimulo me mira de arriba abajo, calculando el potencial económico del desconocido que soy: un hombre de escasa elegancia, grande y torpe, sucio y cansado. Vestido con ropas baratas, compradas en tiendas de segunda mano, sin otra pretensión que la comodidad. Hace días que no me cambio: el pantalón muestra manchas endurecidas y la camisa blanca es ahora un trapo gris y sudado, poco salubre. El sombrero cubre un cabello grasoso y aplastado contra el cráneo, las gafas esconden mis ojos de insomne empedernido. No, no causo buena impresión.

El sitio tampoco es elegante y su vetustez es mayor que la mía. Atravieso el recibidor y me interno en un patio alargado. En los pasillos laterales cuelgan hamacas multicolores y en ellas, racimos de entes en pleno ejercicio de la pereza. Tres dólares la noche, dice la señora tras mostrarme una minúscula habitación con ventana al patio. Murmuro que necesito una mesa y una silla, y la señora me mira como si pidiera la luna: Eso cuesta un dólar más, responde con desgano. Pongo mi mejor cara de ciudadano honesto y responsable: ¿En cuánto me deja el mes?, y comenzamos a regatear hasta coincidir en noventa, pagados en efectivo. Cierro la puerta y me ducho con calma, como no lo he hecho en las últimas semanas. Lavo mi cabeza y la espuma, al caer, me recuerda a los desperdicios de la fábrica de papel en el río, cerca de la casa de mi infancia, lejos de aquí.

Conecto el ventilador y una secuencia de chispas anuncia su lamentable funcionar. La red eléctrica es un desastre lleno de parches. La mesa es de plástico, blanca, y la silla también. Me hundo en la cama, enciendo un cigarro y dejo que el ventilador renquee frente a mí, removiendo el polvo y los recuerdos que se acumulan en mi cabeza. Una escena me atormenta: la última discusión, aquella fatídica noche en que comencé la frase con perra insensible y terminé con aquello de vete a la mierda. Me retuerzo en la cama y gruño, repudio mi estupidez y a la vez, no lo niego, me regodeo en el hecho de ser por fin libre, de haber escapado al encanto, a la maldición de aquellos fluidos, de aquellas mieles y olores y sabores y sensaciones sin fin (la esclavitud de la dulzura). Inhalo con fuerza y aún logro percibir el gusto de la adicción, la tortura de la ausencia, la certeza del nunca jamás. Luego, por fin, duermo.

***

89

Abro los ojos en medio del sudor, la pesadilla se extiende en la oscuridad. No reconozco el sitio y salto de la cama sin saber cómo moverme en ese espacio ignoto que percibo como celda. A tientas encuentro el interruptor y la luz despierta con parpadeos y zumbidos. Es medianoche, muero de hambre, de sed, de ganas de saber dónde estoy y qué hago aquí. Me visto y salgo a la calle. Cuatro cuadras me separan de la playa, en cuyos bares la fiesta está en su apogeo. No tengo ganas de tumulto, abomino del bar de gringos que lleva el consabido nombre de Iguana's y camino hasta un puesto de hot-dogs rodeado de espectros nocturnos. Pido dos panes con subproducto de cadáver, y el tipo sonríe con respeto: Enseguida, jefe, y pone dos salchichas en la plancha. Como de pie, sin prisa, rodeado de animales nocturnos que han salido del estruendo para consumir grasa y carbohidratos, y continuar por siempre en la noche eterna. Cruzo la plancha de asfalto y me lleno de arena. La playa es un semicírculo amplio y revuelto, no muy limpio, sin duda hermoso. No muchas luces la alumbran y eso me gusta. Camino por la orilla, justo donde el pacífico lame la tierra, y fumo mirando las estrellas, la luna que pronto será una gran bola blanca y los botes que flotan a cincuenta metros, anclados en medio de la bahía.

Las parejas se refocilan en la larga playa, y otros grupos se forman en torno a guitarras y tambores. No faltan los borrachos que agonizan ante el oleaje, ni los solitarios que como yo construyen castillos de arena en busca de una princesa. También hay sirenas, y la literatura griega me enseñó a desdeñar sus dulces gemidos. Luego, el horizonte, ahí donde se funden la oscuridad del mar y la del cielo y las tormentas nacen y se desvanecen. El horizonte como frontera, el precipicio del pasado y del futuro, la línea que nos mantiene en el mundo conocido. La noche fresca y brillante. La arena húmeda, que me transporta a la infancia, a la adolescencia, a la sexualidad, a los tiempos perdidos y ganados en la vida. La arena húmeda, llena de agujeros de cangrejos y brillos de sales y algas secas y condones petrificados y colillas de cigarros y botellas y latas vacías. La playa como cementerio de lo cotidiano, donde se extinguen las pasiones, muere el tedio, nace el infinito. La costa como metáfora del fin del mundo, del principio del más allá. La orilla es la línea divisoria entre dos mundos, dos realidades adversas distanciadas por la respiración, lo más instintivo e inmediato de la vida.

A veces quisiera ser pez, y entonces pienso que el mar es mi hábitat natural, el territorio de mi gestación, el líquido amniótico que nutrió mi preexistencia. Luego recuerdo que no sé nadar; me avergüenzo de mi torpeza en el agua, río con mis volteretas en el oleaje y el short que siempre se cae. Ahora nada de eso importa: me basta mirar la oscuridad del océano para sentirme a salvo de mí mismo. Entonces, salgo de la playa y me acerco al sonido del jazz. Un trío toca en el tiburón dormido, donde las mesas de billar hierven en burbujas de colores y la gente participa de esa ebriedad colectiva que la playa de por sí genera e impone. Pido un 7 años con soda y me siento en un rincón, a medio camino entre la fiesta y la introspección, observando la concurrencia, los pequeños gestos y movimientos (un beso furtivo en aquella mesa, una carcajada por allá, el roce de dos manos, el intercambio de sustancias por dinero) y conversaciones ajenas, diálogos imposibles pero, de alguna manera, interconectados por el alcohol y su extraña lógica.

El sitio, lleno de turistas y vividores locales, hierve de indecencia, y ciertos remolinos pasionales cruzan de cuando en cuando el patio levantando polvo y discusiones. Algunas chicas, a quienes los turistas insisten en llamar *señoriras,* alborotan al personal con su estridencia visual (el enorme escote, y el generoso trasero con que natura las ha dotado); por otro lado, surferos musculosos y bronceados, con dientes perfectos y grandes gestos y enormes voces. Y en medio de todo eso, los supervivientes: vendedores de drogas a pequeña escala, proxenetas de putas baratas, listillos que recogen todo lo que se cae al piso, ofrecedores de servicios varios para el turista, desde conseguirle habitación hasta interpretar su fantasía sexual. Otros, más finos, venden terrenos inexistentes, propiedades intestadas, paraísos con maldición incluida. Y ahí están todos en el tiburón, bebiendo y observando. Como yo.

Un europeo se para frente a mí. Tiene cuarenta y tantos años, pálido, cabeza afeitada, enorme, y pregunta si puede sentarse a mi mesa. El bar está lleno, me pongo de pie y miro al europeo a los ojos, para saber a qué atenerme.

—Hola, soy rumano —dice, como si eso explicara algo.

—Encantado —respondo—, soy apátrida.

—Ah, bella palabra esa. Un tanto olvidada, es cierto, y ha adquirido también una desagradable connotación fatalista y victimizada, más propia del campo de refugiados que del hombre enamorado del mundo. Una pena, algún día la recuperaremos para nosotros —dice.

Levanto el vaso y brindo por ello. Luego continúa:

—Hace un año encallé aquí. Vine a pasar una semana y ya no puedo salir: algo tiene este pueblo que atrapa al incauto, seduce y amarra al desesperado. Por más que quieras huir, una fuerza inexplicable te impide moverte de aquí. Un verdadero círculo vicioso. ¿Quieres una? —pregunta acariciándose la nariz.

Afirmo sin convicción, más por instinto socializador que por verdadera necesidad moral, y hacemos escala técnica en el baño, donde otros comensales se deleitan con diversas sustancias. Parece un circo de suicidas divertidos y sonrientes, grandes zapatos, narices rojas, estentóreas carcajadas y comentarios sobre esto y aquello, sin ton ni son. Las chicas revolotean sus minifaldas al pasar y eso enloquece al respetable; a mí también, aunque disimulo mirando las hormigas en el piso. Luego el encierro, la tarjeta bancaria en la bolsa de polvo, triángulo blanco, inhalación rápida y profunda. Dos veces. Y salgo a respirar, a compensar el clorhidrato con algo de oxígeno.

—Durante veinte años fui cocinero en barcos mercantes, quedándome en un puerto u otro hasta agotar el dinero y otras opciones de subsistencia —continúa el rumano—: Así he vivido en Asia, en África, en media Sudamérica —y pide otra toña. Habla con acentos entremezclados, términos españoles, conjugaciones argentinas y cientos de mexicanismos. Traduce sus ideas del flamenco, del francés, del inglés, del alemán, del javanés, del swahili o de cualquier otra lengua que pase por su cabeza, pues es políglota involuntario, de ahí la imposibilidad de transcribirlo con corrección. Su historia narra mil viajes por el orbe, a veces a bordo de buques insalubres y deteriorados (casi conradianos) y, la última década, en cruceros de cierta alcurnia. Ahora vive aquí: es jefe de cocina en un restaurante caro y bonito, quizá bueno. Gana bien y vive, según cuenta, en un minúsculo apartamento a pocas calles de aquí (lo cual es ridículo: el pueblo sólo tiene unas pocas calles: más allá está la vegetación, del otro lado el mar). Es un genuino electrohippie: odia el trabajo y sólo lo hace para sobrevivir, odia la política y la guerra y la paz. Odia a la izquierda y a la derecha y a los liberales y a los anarquistas. Odia a la humanidad sonriendo con modestia. Me cae bien, lo admito, su mirada es franca y frontal, como un niño con un cuerpo enorme, como yo quizá, y brindamos una y otra vez por el placer del encuentro instantáneo y necesario.

El bar se llena de energúmenos y palurdas. El jefe de la diversión aparece ante la mesa y estornuda, muestra mercancías, sugiere precios accesibles, divertidos, y todo el mundo ríe saltando de alegría. La fiesta se alborota y yo reboto entre tambores y metales sin saber adónde ir, qué hacer, hasta que el jefe de la diversión me rescata, arrastrándome del hombro rumbo a la playa:

—What's up, carnal?, cómo youdoing? —he asked.

Respondo que todo está en orden, que mi vida es un remanso de paz y mi cerebro un cementerio de perpetuidad, y ríe:

—Shit, bro, yo no understand a damn... Whatthefuck están hablando, man?

—¿Por qué me hablas en esa mezcla extraña? —pregunto, quizá un poco aturdido por la música, los colores, las luces y oscuridades de la jornada.

—I'msorry, man, soy guatemalteco raised in Florida, youknow, so yo hablo español pero luego me olvido and I juststart to speakenglishagain, yousee. But yo amo el espanglish, man.

Habla desde sus cuatrocientos metros cúbicos de epidermis y doscientos kilos de masa corporal: no por gusto le dicen gordo. Es el espíritu de la supervivencia en todo su esplendor: sudado, sucio, vendiendo unos gramos aquí y otros allá, una onza a lo sumo, sonriente, sencillo. Un buen tipo. La literatura popular muestra siempre del modo más sórdido a los nobles proveedores de sustancias ilegales, pero no tienen por qué ser seres oscuros y retorcidos. Muchos venerables ciudadanos se dedican a la actividad, pagan impuestos de muy legales y respetables negocios, visten bien, los conducen en buenos autos y sus invitadas son de lujo. Les va de maravilla. Todos saben de dónde proviene su fortuna pero no importa, se ha vuelto aceptable gracias a sus buenas maneras, a sus exquisitas relaciones y a un conjunto de ecuaciones políticas de muy difícil comprensión.

—Quizá youneedsome mota, man —dice el gordo sosteniendo una pipa de colores.

Fumo y una serie de numerales aparecen en la pantalla de la noche. Son estrellas. Puntos que deben ser unidos en ese juego que es el cielo: un tablero de oportunidades inauditas, de secuencias por explorar, de ignotas metáforas que nadie ha escrito jamás. Entonces, la pantalla se funde con la realidad y la fantasía se impone en la cordura de los locos, si es que locos hay, si es que cuerdos quedan. No lo sé. Ya no sé nada, sólo que la pipa se esfuma y que fumo como si fuera la última oportunidad. Ya no soy nadie, pienso: me niego a mí mismo y reniego del mundo conocido (del otro también). Pienso que ya no pienso y que el pensamiento es inútil y que lo inútil es una hermosa idea que vale pensar y darle vueltas y más vueltas a lo inútil hasta que sirva de algo, si es que de algo puede servir. La utilidad es un sacrificio emocional, pienso, y me retuerzo en el esfuerzo de repensar todo esto. La noche abre sus piernas infinitas y me hundo en ella; con respeto hurgo en su interior y pierdo el sentido y las ganas de ser.

***

Despierto en un apartamento blanco y estrecho, a las cuatro de la mañana, sosteniendo un 7 años con soda en la izquierda y un cigarro en la diestra. Se habla ahora del gobierno y el rumano se encabrona:

—¿De verdad vale la pena hablar de eso? Es decir, este gobierno, el otro, el de más allá, ¿no son todos, en su esencia, la misma cosa, la misma mierda? En todos los sitios en los que he vivido he visto la misma esperanza y subsecuente desengaño ante los gestos de un gobierno, de un político, de un revolucionario. Yo no creo en nada, no me hablen de política, por favor —y parte rumbo a la cocina, a menos de un metro de distancia.

El gordo estalla en carcajadas:

—That'snot true, rumano: este gobierno es más mierda que todos los demás. Shit!, there's no comparison, man.

Me desentiendo de la conversación porque la política nunca me ha interesado y me aburre sobremanera. Es una de esas fatalidades que salen en el noticiero y que en nada alteran mi vida. Leo el periódico como si fuera una novela barata y panfletaria, que entretiene, pero que no debe ser tomada en serio. Cuando se acercan las votaciones huyo a abstraerme de esa perturbación a la que llaman clima electoral. Los meteorólogos anuncian tormentas en tal partido, sequías en aquel otro y yo, refugiado en una cabaña, ignoro todo eso.

—Y tú —me pregunta alguien—: ¿Qué piensas?

—No sé, yo soy polpotiano, pienso que la mitad de la población debe ser ejecutada y la otra mitad condenada a trabajos forzados en el campo —respondo con sencillez.

Me miran indecisos entre el horror y la carcajada y los animo riendo primero: quizá sí sea una broma.

Hay nuevos rostros en el entorno. A mi izquierda un negro carbónico y descamisado, con una increíble sonrisa blanca y los ojos más rojos que he visto fuera del espejo. Es un garífuna de la costa atlántica, de unos cuarenta años, y sostiene una toña en una mano nudosa y fuerte:

—Yo soy el negro —se presenta.

—¿En serio? —y extiendo la mano hasta rozar la suya y chocar los puños. Ríe mostrando un par de caries y un buen trozo de laringe. Luego me abraza:

—Bienvenido al infierno, compañero —dice el maldito garífuna enloquecido por el ron y las extranjeras (la pinta de vivir a costa de las turistas no se la quita nadie, desde luego)—. Si quieres conseguir algo me avisas —dice solícito, y yo inclino la cabeza en señal de comprensión y entendimiento.

A mi derecha hay otro tipo, más viejo, de pelo corto y blanco, mediana estatura, ojos selváticos. Me toca el hombro con un dedo duro como la madera:

—Óyeme, ¿no tienes un cigarrito ahí que te sobre?

—Eres cubano —afirmo mientras le entrego la cajetilla y agarra tres: uno lo pone entre sus labios, otro sobre su oreja derecha y el tercero en el bolsillo de la camisa:

—Hecho en labana y deshecho en mayami —afirma, con un raro brillo en los ojos.

Brindo por ello y pregunto qué hace aquí.

—Lo mismo que tú: huyendo del trabajo, asere. Estuve treinta años allá. Se dice fácil pero es una vida de esclavo. Yo soy blanco, que trabajen los negros —dice, mirando al garífuna con ojos enormes y brillantes. El negro suelta una de sus amplias carcajadas y revira:

—Eso será allá, bróder: aquí los negros no trabajamos. Al menos este negro que está aquí no mueve un dedo por nada.

—Pero la picha bien que la mueves con las blancanieves esas que te echas, no finjas, que yo te he visto.

El negro ríe:

—Esta última me dejó cien dólares de propina —dice con orgullo, riendo una vez más.

No recuerdo haber conocido a alguien que ría tanto, ni con tanto estruendo, como este negro tropical de mediana estatura y complexión de bull-terrier. Es obvio que cuida su cuerpo, es obvio que vive de él, y es obvio que bebe con soltura y enormidad. Descubro que mi vaso está vacío, que la luz apenas comienza a insinuarse entre las persianas y me sirvo otro 7 años con soda, quizá por inercia.

El rumano vuelve de la micrococina con un plato repleto de rayas, y no puedo evitar preguntarme qué hago aquí, cómo demonios me las he arreglado para venir a limpiarme a este sitio infecto, e inhalo dos líneas perfectas, deliciosas, llenas de energía falsificada, robada de antemano al organismo, a la reserva, pero qué importa, da igual, la vida continúa, sigo vivo, pienso. Entonces el garífuna me pasa un porro enorme. Le doy una profunda calada y retengo el humo durante horas, creo. En la radio suena un jazz latino grueso y pegajoso, con metales y contratiempos por doquier y una estridencia a ratos hiriente, hirviente. Una música que desconoce la inmovilidad y el hipnotismo: todo es mareo, como una embarcación que da tumbos en el oleaje, muy lejos de la costa, en medio de la inmensidad. Cierro los ojos y el universo da vueltas y vueltas y vueltas y me arrastra a un agujero negro en el que giro y giro y giro hasta que la música se acaba y el universo explota creando nuevos mundos paralelos, tangenciales, oblicuos, curvos, rectos, planos, multidimensionales...

***

El sol sale atrás de la montaña. Ahí estamos todos en la playa, menos el gordo, que duerme en un rincón del apartamento, cubierto con una breve manta. El rumano ha traído lo necesario para preparar bloodymarys y nos sentamos en la arena a desayunar, con un buen puro de mota circulando por ahí. Los rayos del sol rebotan en la superficie, golpean las lanchas de los pescadores y antes de darnos cuenta ya están sobre nuestras cabezas. El cubano revisa su celular y anuncia que son las diez de la mañana. En ese preciso instante descubro que muero de hambre. Me pongo de pie y anuncio que debo comer.

—Vamos al mercado —dice el rumano—: Ahí se come bien, si te gusta la gastronomía local. A mí me gusta —continúa tras una pausa—, no es muy variada pero sí sabrosa, y eso es lo más importante cuando se trata de comida. De todas maneras, seamos honestos: nada en este mundo se compara a la gastronomía tailandesa. Es rica, variada, picante, con muchas frutas... —y puedo verlo relamerse los inexistentes bigotes, perdido sin duda en recuerdos lujuriosos de aquellas lejanas tierras olvidadas por dios.

Llegamos al centro y al pasar ante una vitrina veo el reflejo de los que somos: un conjunto de espectros sudorosos, vampiros diurnos, monstruos venidos de las profundidades del mar. O quizá sólo infundamos pena, lástima, tristeza. No lo sé, la vitrina ya quedó atrás y el pequeño mercado del pueblo, con sus muros azules, se abre ante nosotros. La zona de los comedores es una especie de patio interno, con largas mesas colectivas. Ocupamos media mesa entre el cubano, el garífuna, el rumano y yo, y nos atiende la chica más bella del pueblo, piel aceitunada, cabello negro azabache retorcido en mil bucles, labios gruesos y un lunar cerca de ellos. Viste una blusa negra, enorme en el pecho, y un pantalón de mezclilla que se ajusta a sus curvas como otra capa de piel.

—Ni lo intentes —me dice sonriendo.

—Yo no he hecho ni dicho nada —respondo con falsa inocencia.

—Se te ven las intenciones a través de las gafas. ¿Qué quieres comer?

—¿Aparte de ti? —y sonríe inclinando la cabeza. Su dulzura me subyuga, claro, y consulto la carta hasta encontrar lo mío—: Doble ración de gallo pinto y un buen bistec con crema de jalapeño. Y un jugo de piña.

—¿Tienes hambre? —pregunta tomando nota.

—Podría devorar una mesera entera.

Ella ríe y me golpea el hombro con ese gesto tan coqueto que parece significar no me digas esas cosas pero cuánto me gusta que me las digas, o algo por el estilo. El cubano, quien por supuesto es incapaz de pensar en otra cosa que no sea sexo, sigue la conversación con grandes ojos y muchos gestos, hasta que la chica ha anotado los pedidos y se va, y entonces estalla:

—Tremenda tremendura, paquelosepa. Esa niña tiene una papaya de antología y un culo para darle tranca hasta el fin de los tiempos: ¡mu-chacho!, si duermes ahí, no te vas más nunca de estas tierras.

El garífuna ríe y el rumano se distrae mirando a otra parte. Luego habla:

—Yo no entiendo a las mujeres, ni las necesito. Lo mío es la cocaína y la cocina, y con eso tengo suficiente para ser feliz. Y ron y cerveza, claro. Y música tecno. Nada más. Cada vez que meto a una fémina en mi hogar comienza ordenando la cocina y luego me ordena la existencia toda. Son unas farsantes, tanto feminismo para acabar dando órdenes...

—Lo bueno es que tienes manos grandes —dice el cubano, haciendo el internacional gesto de la paja.

—Sí, y siempre te tengo a ti por si mi mano no alcanza.

—Ná —dice el garífuna—: Este blanquito no sirve, tiene el culo siempre sucio y le apesta, y además está todo flojo de tanto que le han dado.

Y el cubano finge enojarse y se pone de pie y levanta los puños y arma más aspavientos que su comandante. Por fortuna, la señorita vuelve con jugos y cafés y como estoy deshidratado bebo el mío de un trago y pido otro y de paso también un café.

—Niño —exclama ella—, luego vas a tener que hacer mucho ejercicio... —y sonríe pérfida y perversa.

—Ya es tuya —dice el cubano guiñando el ojo derecho. El garífuna, serio, me dice:

—Cuidado con su marido, que es un indio bruto y con machete. Así que al suave con ella.

—Lo que el negro quiere decir es que no le des muy duro porque cuando grita todo el mundo se entera, y el esposo también.

Entonces llega el gordo sudoroso:

—Fuckmen, tuve que arreglar un business con un gringo, y el gringo quería más so tuve que ir hasta la otra punta del pueblo y volver con más and shitman, thisis a fuckin full-time job, youknow...

—Me imagino —le digo con condescendencia: en efecto, no debe ser fácil recorrer las calles con tanto peso sobre los tobillos.

—Cómprate una moto —dice el cubano dándome un codazo—: ¿Te imaginas al gordo en un scooter? —y ríe, y el garífuna también y hasta el rumano, que ha estado distraído con sus pajas mentales. El gordo, risueño, anuncia que se comprará un triciclo.

Cuando por fin llega la comida se hace un silencio impresionante, sólo perturbado por las conversaciones en las otras mesas. La carne no es la mejor del mundo, pero la crema de chile jalapeño que la cubre es una verdadera delicia, uno de esos descubrimientos que alborotan el paladar y provocan revoluciones en la lengua, en las papilas, en los sentidos todos. A un lado, la mezcla de arroz y frijoles que llaman gallo pinto, y unos tostones de plátano. El segundo jugo de piña acaba por revivirme; devoro con fruición y me deleito observando a los otros comensales, locales y turistas, y a las meseras y cocineras y vendedores y compradores y a un perro flaco que va olisqueando de mesa en mesa con ojos tristes y brillantes, sin duda enloquecido por el hambre.

Salimos del mercado y nos despedimos (hora del merecido descanso tras una larga jornada laboral): el rumano y el garífuna parten en una dirección y el gordo, el cubano y yo, en otra.

—Dónde are you living? —pregunta el gordo.

—Ahí adelante, en la otra cuadra.

—¿En la internacional? —se mete el cubano.

Afirmo y los ojos le brillan y se abren aún más:

—Chico, nosotros también vivimos ahí.

—El diablo nos hace y nosotros nos juntamos —murmuro.

—No, chico, no digas eso que yo soy cristiano.

—¿En serio?

—Y renacido.

—Fuckinborn-againchristians —dice el gordo—: fuckinbullshit, man: that'sbrainwashing.

—No, no, no, no te metas con el señor jesucristo que me empingo y cargo al machete.

—Así se extiende la palabra del señor —le digo al gordo, y el cubano vuelve a hacer toda la faramalla aquella de agarrarme a piñazos, como él dice.

Llegamos a la posada y nos metemos al cuarto del gordo, que es un caos de ropas y sábanas y restos de comida y botellas vacías. Me siento donde puedo, entre camisas sucias y cenizas y un gran bote de mantequilla de maní; el gordo, entretanto, prepara una enorme cuchara con agua, clorhidrato de cocaína y bicarbonato de sodio, y cocina la mezcla hasta el punto de hervor. Saca las primeras piedras, amarillentas y pegajosas hasta que se enfrían y endurecen del todo. El cubano aparece con un pedazo de antena de auto (arrancada, claro, en una noche solitaria), envuelve un extremo con un pedazo de cartulina, introduce un pedazo de piedra en el otro (en medio, un filtro de alambres retorcidos) y le da fuego y las piedras truenan y aspira despacio, en jalones cortos y continuos, sin dejar escapar el humo y sólo abriendo sus enormes ojos vidriosos. Cada cierto tiempo, mira de reojo hacia la ventana, se detiene a escuchar, como el perro que hace guardia y oye un leve suspiro en medio de la noche. Es la paranoia, la he visto antes en otros y en el espejo también. Es la locura de la persecución, la opresión del miedo, como si uno en verdad hiciera algo malo.

El gordo cocina en su cuchara, murmura cosas raras en inglés y suda toxinas como si estuviera en un sauna, lo cual, hasta cierto punto, es cierto: el ventilador apagado, para no entorpecer la labor del cocinero, y las ventanas cerradas para no estimular la paranoia del cubano, convierten la habitación en un horno de microondas, o algo peor. El gordo me entrega un par de piedras, me presta su pipa de vidrio, que la prefiero al insolente aluminio, y fumo esa deliciosa base y la disfruto como si fuera el último día. De inmediato se me adormecen los labios, el humo inunda mis pulmones y cerebro, con un tremendo golpe en el pecho, una sacudida en la cabeza, el impacto químico en las conexiones neuronales, la delicia del alboroto en la cabeza y el sabor sintético en la punta de la lengua, en el paladar, en la garganta.

***

105

Es una tontería, desde luego, pero aquel tratado sobre lo inútil y lo imaginario, lo real y lo ficticio, lo profundo y lo frágil, le quitó el sueño durante días, noches, días, noches, hasta que el exiguo resplandor de la incoherencia lo obligó a dormir. No fue un sueño placentero; el tratado seguía entrometiéndose en su mente; su cerebro lo evocaba en la vigilia, para desespero de su imaginación. Aparecía como una metáfora perentoria, fértil, para esfumarse al siguiente instante. Inasible, el tratado se expresaba con evasiones y otras interpretaciones de su propio ser. Monumento autoerigido, el tratado evoca lo inevocable, susurra lo que no puede ser contado, analiza lo que carece de explicación.

Es una tontería, repitió, tras darle mil vueltas a un teorema que aún no ha sido planteado. ¿Qué haré ayer?, se pregunta, quizá en sentido figurado, aunque sin darle otro sorbo al café. La taza salta, aboliéndose en enormes y estrechos espacios inconclusos, con dibujos de colores y acentos y adornos de mal gusto. Él, cansado, levanta su harto cuerpo y lo arrastra hasta la cómoda, donde el tiempo en la luna estalla. Una suerte de melancolía, o prenostalgia —anticipación de la ausencia— embota sus sentidos emulando al dependiente de toxinas que en realidad es. Ahora toca el libro. El tratado se estremece, salta y se refugia en un rincón, bajo el retrato de un extraño amor perdido que quizá nunca ocurrió. El libro descompagina sus formas y reordena el universo que contiene. Él se lanza sobre el libro y lo atrapa, impidiéndole divagar a sus anchas. Asustado, el libro habla y sonríe e intenta ser cortés, discreto, subjetivo. Él, nervioso, también sonríe: Qué lindo lomo tienes, dice, melifluo y pegajoso. No entiendes, revira el libro: No soy un objeto. El tratado es engreído, inmodesto. No miente, aunque quizá exagere un poco su importancia. Abre una página al azar:

Los límites mismos de los límites. Así se construyen los espacios y los silencios: límites dentro de límites que contienen límites y, al desconocerlos, al ignorarlos, se vuelven inviolables, férreos, absolutos. Los límites son construcciones y como tales se deconstruyen, a condición de preservar sus propias limitantes. Los límites son zonas de intercambio entre un conjunto de limitaciones y otro, zonas francas o rojas o rosas. Siendo el límite la frontera del límite, aparecen en la imaginación como línea dura y sólida pero en realidad es flácido y etéreo, inasible como el conjunto que en apariencia delimita. Los límites son límites dentro de límites que interactúan con otros límites que contienen límites. Así se construye el universo, el mundo, la poesía, la imaginación. Así se fusionan el objeto y el sujeto. Así ocurre la vida. Porque los límites tienen sus propias limitantes, la expansión de los mismos es siempre posible, a pesar de los delicados procesos que dan forma a la forma. Sostener el vacío en la nada, y llenarlo poco a poco de todo, no es tan difícil como parece...

Línea tras línea el código avanza, metáfora y matemática, metamorfosis que se mueve a tientas, tiembla, escucha la palabra dictada y escupe signos e interjecciones: una sinalefa arrepentida esconde en una esquina su forma, apenas insinuante, casi imberbe, primitiva. Código y verbo conviven, se cruzan, mezclan sus esencias, sus fluidos, y paren versos organizados en secuencias, espejo del estero, palabra libre y controlada. El verso es el reverso del programa, versión y subversión, inverso adverso, lógico abandono, orden del azar. Episteme y sacrificio, oficio del olvido extinto, roma piltrafa, adjunto documento, binario ejecutable. El habla del robot, el sueño de la máquina vacía, sin lenguaje, creando metáforas con números, ceros y unos, ceros y unos, hasta que empieza a insinuar una triste imitación del idioma, del juego, de la liberación.

¿Quién escribió esto?, pregunta el cursor. Nadie, fue la respuesta del altavoz: el tratado no ha sido escrito, está siendo programado. ¿Quién programa esto, entonces? Nadie, es la seca respuesta: el tratado se autoprograma, depura su código cada quinientos años o cien millones de caracteres, poco más o menos. Compilar es otra cosa: tarda demasiado y requiere respaldar los datos en el servidor remoto para evitar la saturación del sistema y subsecuente caída. Pase lo que pase, el sistema no debe ni puede caer (dentro de él todo es posible; fuera sólo está el vacío, la hoja en blanco, la pantalla negra). Nadie sabe lo que escribe ni por qué lo hace. La palabra se autogenera en contenidos espasmódicos, a veces melódicos, crónicos, como enfermedad visceral y continua. Poética es nostálgica, y esta última hermética, por ser única y excluyente. Poesía es pensamiento, adorno, y el código no entiende de relativismos. El código, los fragmentos que lo componen y disponen sus líneas e instrucciones, las figuras de sus números, la retórica universal que atraviesa su cuerpo, todo eso es infinito. Y el infinito es siempre concreto en un poema; a veces un solo verso puede contenerlo.

Es como el amor: ¿de qué sirve la exaltación si no se halla el augusto instante de la liberación? En eso consiste el tratado: un orgasmo de conocimientos sin fin que altera los nervios, produce fotofobia y electriza al organismo entero. ¿No es eso lo que busca la humanidad: la panacea, el gozo estético, la inmortalidad intelectual? No, no es eso lo que busca, por eso ignora el tratado y todo lo que contiene, que es Todo. Una secuencia de pitidos y algoritmos anuncia movimiento, mas nada en concreto ocurre en el mecanismo del libro. Nada de tarjetas perforadas con verdades encriptadas, ni galletas de la suerte, ni mapas piratas. Ninguna pista, ninguna resolución: sin revelaciones transcurre la lectura, la escritura, el entendimiento, el aprendizaje. La verdad se escurre inaudita, se libera de los límites que la contienen, las esquinas de su cuerpo ausente, la estructura ósea que la mantiene erecta, grácil, y cubierta de fango y piojos y suciedades varias, como es habitual en ella. La verdad duda de sí misma y se autoinmola. La verdad, para ser verdadera, se sacrifica a sí misma en aras de la verdad; así como la duda, para ser constante, debe dudar de sus preguntas a cada momento. La certeza debe ser aniquilada.

Las sombras seducen a las luces y las invitan a acostarse con ellas. En una esquina los reflectores aúllan desconcertados y con cierto desenfreno, y en un instante, sin previo aviso, se hace el apagón, el enorme orgasmo de las sombras y las luces, y durante horas la luz estalla en nocturnidades y sacrificios: oscura, la luz brilla como nunca: brillante, la oscuridad es más profunda, y bella, y mucho más oscura en su luz. Las sombras se deshacen y la luz se oculta: por fin, entrelazadas en dulce y cansado abrazo, fuman ambas mirando al techo, sensuales, aún palpitantes y sonrientes, liberadas de mil tensiones, oquedades abiertas, húmedas, babeantes, despiertas y deliciosas. Abismos de locura, donde luz y oscuridad se funden y revientan al unísono.

La luz es la oscuridad del día; la oscuridad, la iluminación de la noche. La noche brilla, el día ennegrece, la realidad tiembla y la fantasía huye paranoica, suicida, perentoria, hasta que la verdad agoniza entre estertores de mentiras, falsas seguridades, reales ideas inconcretas, teóricas verificaciones de lo inexistente: muerte de la realidad, trauma colectivo, ficción visceral de la cordura, tensión liberada y aún prisionera, ética, molesta, indiferente. La libertad es una retórica insoportable: prisionera de verdades absolutas, se diluye en fútiles intentos ficticios, torturantes, introvertidos, podridos de verdad. La verdad brilla oscura; oscura, la realidad se impone iluminando las falsedades de la existencia: la oscuridad como metáfora de la superstición y la luz como ciencia: ¿o al revés? De ser así, ¿cuál sería el reverso de todo esto, cuál el anverso, cuál el grito y cuál el silencio? El terror de la verdad es siempre similar al que inspira la mentira; el del silencio perpetuo igual al de la eterna vociferación. La luz y la oscuridad despiertan el mismo miedo, o al menos miedos equivalentes. La equivalencia es siempre una comparación absurda, ridícula, superficial. A veces histérica, a ratos mediocre, la mentira se instituye verdadera y la verdad se falsifica en pobres pero constantes imitaciones, con sus limitaciones (los límites y sus límites) y excesos y decesos y variaciones. Versiones ridículas y ridiculizadas, a veces opresivas y represivas, en ocasiones rudas y brutas, también brutales, nunca formales o sutiles, rara vez conscientes o convenientes. La verdad muere al hablar de la verdad.

***

Despierto a las cinco, a tiempo para asistir a la puesta del sol. Me siento en la playa con un grueso porro tropical y una breve botella de 7 años. El espectáculo está a punto de empezar y los asistentes se congregan en la arena, frente al sol y el horizonte, con cervezas, churros o cigarros, solos, en parejas o en grupos. Es el ritual cotidiano, parece, y me uno a éste con inaudita y perpleja alegría. No es que esté triste o deprimido, es sólo que había olvidado los primitivos y sencillos placeres, los disfrutes inmediatos de la vida instantánea (todo puede acabar hoy, o mañana, o pasado). A veces, perdido en la gran ciudad, es fácil olvidar que hay belleza en cada esquina, y ya sólo veo la mierda, la miseria, la hostilidad. Eso no significa que aquí no haya mierda y miseria y hostilidad, es sólo que no quiero enterarme: me da igual, las ignoro, me escondo de ellas como un avestruz y hundo la cabeza en la hierba local, que no es la mejor que he probado pero funciona.

El garífuna se sienta a mi lado, toña en mano, lentes oscuros, enorme sonrisa, y suelta algún comentario sobre la belleza del paisaje, que no es el sol ni la playa, sino las chicas que revolotean en la arena dando saltitos y soltando grititos, y uno como felino ante el rebaño de gacelas, ojos estrechos, sin mover un solo músculo, siempre en sentido opuesto al viento, aguardando el instante preciso. La comida se mueve y la seguimos con la vista pero sin decidirnos a saltar sobre ella. Le entrego el porro al negro y suelta otra de sus profundas carcajadas, honda como el océano.

—¿Y entonces? —pregunta.

—Nada anormal, todo en orden, fuera de sitio, roto y entero.

Sus gafas oscuras me miran con fijeza:

—O sea, como siempre —y ríe de nuevo.

—¿Y tú, ya viste si hay algo nuevo en el pueblo?

—No, hermano, acabo de despertar y vine directo acá —suena preocupado—: Y vos, ¿viste algo nuevo por ahí?

—Lo mismo, recién despertado y apenas desayunando —le digo, extendiéndole la botellita de 7 años.

Luego nos concentramos en ese pequeño instante en que el sol planea sobre el horizonte, roza las olas, se introduce en las aguas y muere, segundo a segundo, más allá del fin del orbe. El espectáculo transcurre en reverente silencio. Cuando el sol por fin se ha ocultado, le pregunto cómo llegó aquí:

—Yo soy del caribe, de una ciudad sucia y polvosa ante un mar bello y a veces también turbio. Una ciudad llena de negros pobres como yo: ¿qué podés hacer ahí? Tenés que huir, es la única salvación posible. No es que aquí gane mucho más pero...

—Pero al menos eres el único negro en un pueblo lleno de blanquitas...

—¡Vos sí sabés! —grita en medio de otra esplendorosa carcajada—: Aquí al menos me gano el sustento, como bien, si entendés a qué me refiero.

El negro se despide, va a pasar lista a las nuevas rubias del pueblo, las recién desempacadas, la carne fresca, y yo parto rumbo a un bote encallado en la playa, en cuyo interior un barman prepara bebidas y afuera, en una barra empotrada a babor y a estribor, unos cuantos bebedores liban, entre los que descubro al cubano haciendo mil gestos para llamar mi atención:

—Asere, ¿dónde tú estabas? —pregunta con ojos brillantes y saltones, el pelo gris un tanto erizado y la camisa medio torcida.

—Durmiendo. ¿Tú no duermes?

—Ná, ¿pa qué? —dice, haciendo el gesto de quien esnifa. Luego, como si fuera el siguiente comentario lógico, dispara—: Óyeme: ¿tú no tienes diez mil dólares ahí?

Y lo miro como se mira a un loco pervertido que acaba de hacer una propuesta acaso demasiado indecorosa:

—¿Tengo cara de tener diez mil dólares?

El cubano ignora mi pregunta y continúa:

—Chico, si consigues diez mil dólares, yo te puedo conseguir un terrenito de lo más bonito por allá atrás de la carretera.

—¿Qué parte de no-tengo-diez-mil-dólares no entendiste? —le respondo, mirándolo con cierto atravesamiento.

—No, chico, no te pongas así, es que hay un terrenito allá atrás...

Vuelvo a mirarlo y entonces calla, comprendiendo que no soy cliente.

Un diyéi en una pequeña cabina en medio de la playa anima la noche, disparando esos reguetones seudotropicales que tanto gustan a ciertas personas. Hoy no me molesta, con el codo apoyado en la barra, la oscuridad del océano al frente, el 7 años con soda y el cubano a un lado, hablando de culos, tetas y bollos:

—¡Qué clase de papaya esa! —grita emocionado.

La papaya sigue de largo, ignorándonos, y va hacia un grupo de surferos rubios, jóvenes y fuertes:

—Demasiada competencia —murmura el cubano cincuentón haciendo un gesto de hastío.

Entonces se emociona una vez más, sigo su mirada y veo lo que él: una rubia no muy alta, ni demasiado hermosa, ni en particular atractiva, con los ojos más bellos que hombre alguno haya visto jamás. Su sonrisa llenó la noche en un instante y cuando clavó su vista en mi modesta persona, temblé de dulce pavor y veneración.

—Jola —dice, pronunciando la hache como jota y plantándose ante mí con la cabeza inclinada, toda sonrisa ella.

Su sola presencia me ilumina, como si una fuente de energía la rodeara (yo, sórdido materialista, fascinado). Quizá sean sus gestos, delicados como mariposas, y al mismo tiempo, la dureza que reflejan sus ojos cuando no sonríen. Hay fuerza en toda ella, y en toda ella hay extrañeza también: luciérnaga en la playa oscura, sus grises ojos iluminan la noche.

—Hola —respondo, alargando el brazo hasta alcanzar una banca y ponerla bajo sus nalgas.

Ella sonríe mirándome a los ojos y yo me pierdo en recuerdos de placeres remotos, frutales aromas y desvencijadas camas de hoteles baratos. El cubano empieza a hablarle en inglés y conversan sobre una fiesta a la que no asistí y sobre la que nada puedo decir. No importa, la escucho hablar embelesado y me pregunto por qué, si es en realidad una vulgar rubia del midwest, no fea, pero sin mayor atractivo real. No sé si es ella quien me seduce o eso que lleva dentro y la posee, sea ángel, demonio o, más probable, ambos a la vez. Habla ahora del asshole de su novio y como tampoco lo conozco me desconecto de la conversación y camino un poco por la playa con el vaso de plástico en la mano. Me detengo en la orilla, donde las olas lamen mis pies y enciendo un cigarro mientras miro el reflejo de la luna en el mar. Entonces, ella aparece a mi lado.

***

El tratado contempla explosiones en su interior, algunas más graves que otras, otras sutiles, otras más, dolorosas, y a veces recuerdan a cadenas de orgasmos o a sucesiones de delirios. Las páginas del libro saltan, se abren y cierran como puertas ante el viento despiadado del desierto, convulsiona su escritura, se reescribe mientras continúa su constante autoprogramación. El aleatorismo es su esencia, el orden vertebral que sostiene su saber. Es su esencia, piensa, la matemática su versificación, la heurística su hermenéutica. Aun así, el libro parece inaprensible, exuberante, enorme en sus escasas dimensiones y barato papel de pulpa. La encuadernación, otrora dura, relaja sus formas hasta que de ella no queda más que una masa informe, descontrolada, de cartón, hilo y cuero retorcido. La permanencia no interesa al tratado, que abarca todo menos lo estable, lo concreto y absoluto.

Miseria y libertad son una misma e indivisible cosa: van de la mano como una pareja condenada a convivir y a odiarse, a sufrir juntos por separado. Miseria y libertad son hermanas siamesas, diferentes, rotas, divididas en su unidad, incluso, en su unicidad. La condición de ser uno implica por fuerza ser dos: la bipolaridad es su estado natural, que también son dos. La esquizofrenia es la esencia de la naturaleza: una destruye y la otra crea, y ambas son una, dos, una, dos. La separación las une; la unión las divorcia. Ahí radica la coherencia de esa estructura única, irrepetible, desestructurada. La duplicidad es la esencia de todas las cosas (dolor placentero, ordenado caos, sueño insomne): los binomios son naturales si opuestos son; diversidad es igualdad, igualdad es diferencia, diferencia es unidad. Y toda unidad es doble: dobles son los sinónimos y los antónimos, dobles los sexos (y doble cada uno de ellos), dobles la vida y la muerte, siendo ambas una misma cosa. Existir es vivir con plena consciencia de la muerte, cénit de la vida, punto en que la inexistencia se hace. Muere la vida al nacer la muerte, vive la muerte entonces. El día muere en la noche, la noche deja de ser al amanecer: no existen, o existen sólo en su cotidiana inexistencia, en ese dejar de ser para seguir siendo: si uno es, la otra no, y aun así son lo mismo. La duplicidad es la esencia absoluta de la unicidad.

El tratado se desconfigura, una falla en la energía obliga a la desfragmentación, al reordenamiento de información, sólo para hacer cada lectura diferente. Algoritmos y fractales reconfiguran el contenido; las líneas de código binario se retuercen hasta el infinito, más allá del libro, del hombre, del universo. Retórica programable, se desprograma sin rencor ni voluntad, sólo porque así es, porque su naturaleza de silicio manda (el libro, en sí, carece de cultura): sus instintos lo obligan a permutar su interior tal y como la sierpe muda su cubierta: la metáfora del despellejamiento es aquí interna: el tratado se arranca la última epidermis del centro y, tras vomitarla y defecarla, la ingiere de nuevo, repitiendo un ciclo imparable, impenetrable, incluso inescrutable, si se analiza con cuidado. En el fondo, todo es superficie; en la superficie, todo es abismo y oscuridad. La forma es la falsedad de las cosas, el resto carece de definición: su amorfo contenido es puro formalismo en medio de la informalidad que es: carente de estructura, se estructura a partir de todas las carencias, como un libro que contiene lo que no existe, o una existencia sin libros ni contenidos. Los contenedores se vacían al abrir sus páginas y las páginas se llenan de vacío (de falso contenido amorfo). La falsificación de la mentira nunca es del todo verdadera: su esencia es por demás concreta, también abstracta. Lo concreto se rompe a pedazos, los pedazos flotan en lo abstracto y la abstracción deviene realismo, quizá sin magia. La realidad aparece inmaterial y la materia se subordina a la imaginación. La imaginación se extingue y la materia muere en lo real. La muerte, entonces, es pura fantasía.

El estéril continuismo se agota sin continuidad alguna, como algo que no merece ser reproducido a pesar de su reproductibilidad. La esterilidad deviene fuente de vida, la energía muere en intentos agobiantes y el agobio se vuelve esperanza sin espera. Es estéril, piensa, pensar en cosas que nadie necesita; sin necesidad, el pensamiento se agota en incesantes continuidades de ausencias y determinadas presencias sin explorar. Los exploradores se pierden en el vacío del pensamiento (siempre sin pensar) y lo llenan de tonterías y lugares comunes, como inexpertos citadinos acampando en una selva llena de contradicciones ponzoñosas y otros animales igual de crueles y asesinos. Abandonados a su suerte, y despojados de certezas, mueren en el abismo de la duda. Al dudar de la duda misma la locura arrebata sus sentidos ante la última frontera por explorar y explotar, y cuando las primeras certezas desaparecen del todo, se extienden hasta el fondo del abismo, ascienden a sus tinieblas, se sumergen en la luz de la oscuridad. Oscuros instantes de imprecisión vuelven preciso el momento en que aparecen los silencios, y gritan, y chillan, y aúllan, y mueren entre estertores divinos, también humanos. La materia del silencio es el ruido; sin éste la calma no existe, sin calma el escándalo es naturaleza y el silencio una ficción absurda y prepotente. La pureza es siempre ruidosa: estruendo autocomplaciente y sudoroso, extremo en su triste y grandiosa medianía, siempre a la mitad de todo (incluso de la mitad), oscilando entre los extremos que se repelen y que repelen al centro de todo lo que no es, sin escapar jamás de éste. El centro es el eje de la vida, todo gira en torno a su interior. El resto, aquello que no le pertenece, orbita afuera, en el espacio, en el vacío, en esa nada que también es todo, vertiendo fluidos, centrífuga en mano, calendario sin días ni meses ni nada que recuerde a las medidas de la vida, a sus retorcidas proporciones, a su inclinación en sí misma (esa exteriorizada introspección): habla entonces consigo misma, la vida, y piensa en voz alta y escupe blasfemias y nada en el pantano del olvido, olvida todo, toda vida.

El tratado se actualiza, el sistema no colapsa y todo sigue igual, aunque diferente. Diferente al tiempo y al espacio, diferente al mundo, al caos, diferente a la vida y a la muerte y, a la vez, indiferente a todo ello. El tratado trata lo intratable, traduce las agonías agonizando en la traducción, improvisa su propio orden sin concierto, y el desconcierto reina por un instante, condenando el futuro al pasado y extrapolando opuestos iguales. El presente crece en sus páginas, reordenándose irremediablemente: el ahora es siempre totalidad, totalitarismo del tiempo. Total, el tiempo es medida obligatoria, dictadura de lo cotidiano, codicia del instante, instante de lo eterno.

119

La eternidad es silencio (en la oscuridad, en el desierto o en el mar): la eternidad es dolor, aislamiento, agobio. La eternidad es miseria siempre; constante, se enreda en su propia cola, espiraliza su cuerpo, aluniza con la esperanza de avanzar, y se detiene. La eternidad es inmóvil, tal y como el tiempo lo es —nos movemos en el tiempo, pero él, en sí, vive en la quietud más absoluta, inmóvil e inconmovible, eterno—. La inmovilidad es un instante de la eternidad, un breve mas intenso simulacro de la ausencia de futuro, de pasado, en un presente que se representa en la total ausencia de tiempo, totalitarismo opuesto. El tiempo controla la humana existencia, sea por presencia o por absentismo y vagancia. Expulsado el tiempo del mundo, la humanidad se detiene. Perdida la capacidad de avanzar o retroceder, se hunde en el pantano del eterno presente, agonizando siempre sin pausa, también sin tiempo...

***

—I sawyouyesterday aquí en la playa, smoking, y pensé: uhm, who'sthatguy? —dice ella a mi lado.

Sus palabras resuenan en mi cabeza y me derrito por un instante, odiando mi sempiterna torpeza, el tartamudeo que atosiga la incoherencia de mis asertos nulos y momificados. Luego, idiotizado, me repongo.

—Yo también te vi —miento con descaro—: y pensé que eras la cosa más bella que se ha posado en esta playa delirante y absurda.

—Oh, that's so cute —y me dedica una de esas miradas a cambio de las cuales vale la pena ser, de vez en cuando, un maldito cursi de mierda.

—¿Llevas mucho tiempo aquí? —pregunto, más por mantener la conversación que por verdadero interés en su itinerario.

—Seis meses, maybe más. Pero yo estar travelling frommexico de mucho tiempo ago. Dos años de mexico to here. El viaje no siempre bueno, butstill...

—Lo sé, yo también vengo de allá.

—Where are youfrom?

—I'mfromnowhere, and nowhere —respondo, fingiendo ser más interesante de lo que en verdad soy: un tipo vulgar, más bien mediocre, a veces tonto, incluso estúpido. Al menos socialmente hablando.

—I'mfrom iowa, butraised in colorado and married in utah —shesaid.

—Utah —repito.

—Yeah, butnowunmarried —asegura coqueta.

La luna se retuerce en el cielo, y yo también, aquí en la tierra. La playa recuerda a la inmensidad, a la infinitud, al paraíso a oscuras. En silencio agarro su mano y ella entrelaza sus dedos con los míos. El horizonte se pierde en la noche y nosotros, por un momento, nos perdemos también. Me mira y sin decir una palabra me regala un beso furtivo, en la comisura de los labios, más amigable que romántico. Nada digo y nada intento: la noche es grande, llena de horas, minutos y segundos, y en medio los vacíos, los silencios, la oscuridad redentora y todopoderosa.

—¿Tú quedar mucho tiempo aquí? —pregunta ella con ojos encendidos.

—Eso espero —le digo, devorándola con la mirada.

El cubano se acerca silencioso, y al cruzar nuestras miradas me hace un gesto preguntando ¿qué, ya es tuya?, y sólo encojo los hombros en señal de no entiendo una mierda. Entonces saca un rociadito: marihuana con fragmentos de crack espolvoreados. La mezcla es deliciosa, sin la estridencia y ansiedad de la base sola y sin el bajón de la hierba pura.

—I don'tlike crack —dice la gringa fumando con fuerza.

—¿Y tampoco te gusta la pinga? —pregunta el cubano pervertido.

—What's pinga? —sheasked.

—Weed —respondo terciando.

—O yeah, I love pinga —responde, y el cubano y yo nos miramos sonrientes:

—Vamos a darle los dos —dice el cubano soltándome un codazo en las costillas.

—Oh, youtwoguys van dar hierba to me? That'slovely! —y nos da un beso a cada uno, y nosotros sonreímos, en parte por la torpe broma y en parte por los efectos del cigarro.

Antes de que se disipen los vapores, el cubano enciende otro y nos quedamos sentados en la arena durante horas, hablando de esto y aquello, el tipo de banalidades y tonterías que funcionan en cualquier conversación, por disfuncional que sea. En algún punto de la noche ella apoya su cabeza en mi hombro y olfatea mi cuello en busca de feromonas. Quizá las encuentra, y posa su mano en mi pecho y eso me hace sentir como un caballero errante, romántico y cínico, a medio camino entre don quijote y los personajes de raymond chandler.

Costa atlántica de Nicaragua, diciembre de 2010 - Ciudad de México, 2013

Confesiones de un artista ensangrentado
(o cómo se construye un edificio roto)

Es una mañana de dudas y palimpsestos. Una mañana cualquiera, sin adornos ni florituras. El edificio, como todas las mañanas, se sostiene tambaleante. Nada lo derrumba, nada lo sustenta. Vuelto metafísica, basta ser creído para acceder a su plena existencia, soñado para que exista, nombrado para que se materialice. En él, fundidos en su estructura, se encuentran innumerables seres que conviven (convivimos) entre tuberías retorcidas y técnicas de antaño sin futuro.

Razón de ser de la locura

Cada uno tiene la suya en este edificio de dementes absolutos, algunos disolutos y derrochadores, otros empachados y bochornosos. Las locuras combinadas, reunidas en una sola estructura, aterran. No se trata de ficciones adolescentes o cuentos de camino, yo mismo vi con mis propios ojos al piojoso del cuarto piso destripar gatos en el callejón y en el sótano. También está aquel otro loco al que llamábamos mongo porque de verdad lo parecía, y aunque suene a insulto no lo es porque reunía todas las características y algunas más, quedando así hábil para el adjetivo sustantivado, decía, mongo vivía en el último piso y su rutina consistía en subir por las escaleras y bajar por el ascensor, hasta que un día, casi sin pensarlo comenté que era más inteligente y efectivo bajar rodando, y aunque nunca me pasó por la cabeza la idea de que mongo fuera capaz de hacerlo, por si acaso me quedé a ver, y aquello fue un espectáculo. Luego, una loca arrebatada en el trece y los mayores dicen que su mamá también y los más mayores que la abuela igual, y así hasta el principio de los tiempos, dicen los más viejos y arrebatados. Luego, el infaltable hombre con el radio zumbando en la oreja, día y noche, amarrado con una soga, y luego, cuando se queda sin pila sigue hablando él mismo en una perfecta, sincrónica narración, que bien podría ser la radio misma y no una representación de ésta.

A veces juego con el piojoso porque en el fondo destripar animalitos es la mar de divertido e instructivo, casi documental. Lo malo fue que un día el piojoso quiso abrir en dos a su hermana y a mí la idea me convenció porque la hermana era una piojosa sin escrúpulos ni hábitos higiénicos, así que lo ayudé, y al terminar me deshice de él también, en el incinerador de basura. Jamás vi funcionar el incinerador, pero ahí estaba y a él iban a parar los desechos de los vecinos, de donde deduje que en realidad era un pozo sin fondo, agujero negro hacia el centro de la tierra. Un día, empero, vinieron a revisarlo y comenzaron a sacar cuerpos en grado superlativo y aquello me sorprendió porque siempre he sido meticuloso con mis cuentas, la administración de mis asuntos, y no todos esos cuerpos eran míos.

No había, al final, misterio alguno; tratábase del encargado, hombre orondo y grácil, nada frágil aunque algo amanerado —suavemente amanerado, diría— a quien descubrí in fraganti una noche de aburrimiento, en esos instantes de soberano hartazgo en los que el encargado buceaba en el callejón en busca de borrachos a los que luego de violar tira al foso, previo martillo en el cráneo. Me pareció, debo insistir en ello, un trabajo burdo y cobarde, por eso lo ataqué por la espalda y le abrí venas y arterias con milimétrica soltura y me senté a ver el fluir. Fue un bello espectáculo, shakespeariano con un cierto dejo a greenaway. En todo caso, muy *british*.

Escuela del dolor ajeno

No la vida toda transcurre en el edificio; hay salidas inoportunas, otras programadas, ora a pie, ora en bicicleta, y a veces a la escuela también, con el beneficio de una sólida concentración de mutilables dentro. El profesor de filosofía —un descarado inmovilista anclado en el kierkegaardismo más primitivo— fue el primero de la escuela, el día que afirmó que nietzsche era un sociópata con ínfulas de humanista y que todos sus lectores eran sicópatas también: aquello me ofendió; acusar al maestro de humanista es un crimen injustificable, una desviación teorética absurda como ella sola y, además, tampoco es cierto lo de sus lectores, que son, la mayoría, unos descarados; no incomprendidos sino incapaces de comprender. Dos bofetones más tarde, lo torturé materialmente, con dialéctica, mantequilla y un cuchillo de pescador.

Después le tocó a un testigo que se la pasaba fardando por ahí con su jehová de pacotilla hasta que un buen día me harté de su repetición y repetición y repetición y lo mandé con su señor. No fue, lo admito, un trabajo profesional; se trató de un asunto privado, un experimento, una especulación teológica en torno a la imposibilidad del castigo divino. Otra noche fui a una fiesta de la escuela y bailé con una chica *La isla bonita* y en el balcón, en lo más oscuro, donde nadie ve, le metí mano y la desnuqué; así, como quien no quiere la cosa, y en mis brazos murió sin saberlo. Me deprimí, admitirlo debo, supuse una rebelión en ella, un aferrarse a su mediocre existir que nunca llegó: impávida ante la inminencia de la muerte, se dejó llevar. En decepcionante tristeza hundí mis lamentos de piano herido y, a la vez, de alguna manera extraña me llené de vida y ganas de existir. Trátase de una experiencia que ningún orgasmo puede igualar (ni el más dulce ni el más salvaje): es el gesto de quitar el aliento. La secundaria llegaba a su fin, aprendí mucho con los chicos crueles, despojados de simpatía por el mundo y enfermos. Yo no me considero cruel sino interesado y cautivado y profundamente seducido por la delicadeza de la carne y la agonía; fue la profesora de historia la única en comprenderlo, en tratarme con atención y respeto; ella, acostumbrada a narrar día tras día las masacres de la humanidad, no tenía, en verdad, por qué ofenderse con mis tímidos tanteos. Parecía yo un imberbe aprendiz en aquellos días —y lo era, claro, porque el ofi-

cio se perfecciona con trabajo, abnegación y mucho
sacrificio...—.

Caníbal en África

Me dieron la medalla después de unos interro-
gatorios que dirigí en angola, cuando los negros tenían el culo en el fuego, y a mis superiores les impac-
taron mis límpidos métodos, excelsos resultados.
Fue un viaje extraño; se suponía que íbamos a ayu-
darlos y yo al menos me comí a trescientos, algunos
en salsa, otros a las brasas y unos cuantos con rece-
tas más sutiles.

El canibalismo es un arte razonado y no un signo
de barbarie como la inmodesta cultura occidental
quiere suponer. En el fondo se trata de la única forma de humanismo todavía viable, con mediana decencia y honda honestidad. No sin destreza el caníbal se apropia de su presa, la tortura dulcemente para
ablandar sus carnes y la macera con cuidado, desti-
nando las mejores hierbas al individuo. Un buen eje-
cutante es selectivo y detallista; elige los mejores
trozos y los cocina con paciencia y sabiduría hasta
obtener filetes que se corten con la sola intención de
la mirada. Angola fue una buena época aun si el ejército es la institución más decadente de la modernidad,
sobre todo el nuestro, que sustituía el armamento
por el entusiasmo y a veces funcionaba y a veces no.
Un día, falto de ánimo, me cayeron cuatro negros
encima relacionándome con la desaparición de una
negrita de cuyo paradero no logro acordarme, así

que no mentí al fingir desconocimiento, asegurando con firmeza mi inocencia. Al no creerme no me dejaron más remedio que darles fuego, candela, hálito divino.

Las divinidades están en todos lados pero sobre todo en mi oficio. Fue por aquellos años cuando comencé a hablar con ellas, o a escucharlas, porque hablan sin parar y dicen cosas raras y a veces me humillan, ponen trabas a mi delicado existir y ensucian sobre mi cabeza con su incontinencia de mayo. Cuando maté al general a cargo de la misión las divinidades me dieron el visto bueno pero en la armada se armó la grande, y otro general, para dejar las cosas claras, fusiló a un montón de negros sin percatarse que algunos eran de los nuestros, aunque de muy bajo rango. La guerra no es como en las películas, es más bella y plena y fascinante. No hay poeta capaz de abarcarla en toda su justa dimensión: la toxina del moralismo se apodera de su habla, lo único que posee, y vomita tonterías agradables y simpáticas cuando en realidad es el único espectáculo imprescindible de la cultura de masas, televisado y fotocopiado al instante, por email, fax, sms, videoconferencia desde bagdad, mogadiscio, gaza, siempre al instante, en vivo y en directo, a todo color.

Un día me fugué, no por pacifista ni desertor sino por sibarita. Llevábamos meses acuartelados y resultaba imposible conseguir buena carne entre esa horda de soldados apestosos, repletos de ácaros, costras y purulencias, amén de enfermedades adquiridas en la división de la alegría o tras violar a las indígenas de la zona. No encontraba placer en nada, ni en las putas más limpias, ni en las más gordas, y me fui a la ciudad, me instalé en ella, la hice mía, y en tres meses cien cuerpos cayeron ante mí, algunos, los más finos, degustados hasta el fin. Por desgracia, la guerra acabó un día interrumpiendo mi ciclo antropológico, autoantropocéntrico, y la experimentación gastronómica a la que me había acostumbrado se vio reducida a la insípida cotidianeidad del edificio. De un solo gesto —o eso me parece ahora— mi alimentación se desangró por entero.

Primer amor

Era una chica hermosa, ni pálida ni bronceada, de unos catorce años y larga cabellera envuelta en llamas. Nos conocimos en una fiesta absurda y aburrida y de inmediato supe que me la comería, aunque ella creyó que se trataba de seducción y coqueteó. Su genuina ingenuidad le hizo ver en mí un chico normal, atento, respetuoso y educado. Nos amamos aquella noche con cautela. Mientras le mordía el seno izquierdo comprendí que estaba ante un manjar preciado y qué error sería devorarlo de una vez, con ansiedad y trogloditismo. Aprendí así a comer despacio, a masticar sesenta y dos veces, a impregnar mi paladar. Duramos un año juntos y todos los días, tras hacer el amor en las tardes, cuando su siesta, le comía un pedacito y al despertar ella perdía el juicio y juraba que alguien se la comía, y yo le decía que no, nena, que sólo es lepra y eso no es grave, se caen trozos de carne y ya, y aunque mis desvaríos

133

no le resultaron del todo convincentes, lo cierto es que no buscó una segunda opinión. Comencé por los dedos de los pies y fui subiendo sin prisa, disfrutando cada instante de su piel y de la leve grasa juvenil que ésta cubría. Tras doce meses de lento roer llegué a las orejas y ya no pudo ponerse aretes. Esto la histerizó y yo no aguanto los gritos ni la escandalera y la silencié. La suya fue una muerte especial, realizada con mucho amor y entrega, como si destripara algo sagrado. No he vuelto a amar ni a matar así, ni he encontrado ojos que brillen como los suyos, incluso después de extinguirse. Aún los guardo, por cierto, en mi archivo de formol. En las noches de nostalgia me siento ante ellos, envejecido, y converso con su mirada.

Desde luego, la idea no fue mía sino de poe, quien guardó los dientes de su amada berenice y la locura lo mordió. Era un iluminado, el primer gran filósofo de nuestro tiempo, olvidado ya por la historiografía del pensamiento. Si shelley humaniza e incluso logra cursilizar a la bestia construida con despojos, y conan doyle dota de lógica a quien persigue asesinos por placer e instinto cazador, poe estetiza y dota de lógica el asesinato mismo —que es siempre un placer en poe— al tiempo que humaniza al muerto dándole una nueva vida en tanto personaje central, un otro existir tras el deceso. En los relatos de poe el cadáver es una presencia ineludible, absoluta. Nadie ha pensado tanto como él en torno, no a la muerte, sino al instante del morir o del matar, y en torno al muerto como sujeto propio. Fue poe quien me enseñó que lo que hago es arte, cosa que hasta entonces no había concebido. A la confusión, al dolor de la adolescencia tenía que agregar esta especie de particularidad, o condición, que anulaba un trozo de mi ser social. El desagradable cristianismo, eje de la occidentalidad —incluso de la atea, del moralismo laico—, se desató en aquellos años en mi pecho con esporádicas pero potentes explosiones culpabilistas, y fue poe con sus exposiciones de la culpa quien me curó de ella en un sentido profundo e innovador, como un renacer para la muerte. Ahí cierro la metáfora concretizada: hasta la adolescencia, aunque la ejercía, la muerte estaba muerta en mí; entonces, como los cadáveres de poe, reinició su vida nueva en tanto personaje central de la mía. Eso se lo debo a él, sí; pero también a ella.

Geometría y simetrismo

El orden es imprescindible en este oficio agobiado por el desprestigio público, las autoridades estatales y la prensa amarillista. El orden y el método son esenciales; sin precisión no hay estética y sin ésta todo gesto, por noble que parezca, carece de ética. Sin un pensamiento ordenado, racional, objetivo, y sin una profunda cultura visual, todo queda en nihilismo llano, masturbación metafísica o simple bobería crónica. Insistiré siempre en esta duplicidad del orden que atañe por igual a lo racional y a lo imaginado. Es a esto imaginado, a la exaltación de lo fantástico en tanto realidad inmediata, a lo que quiero referirme ahora. Este ordenamiento estético —la pulsión geometrizante del corte disectivo, la deconstrucción de la simetría humana— me fascina como pocas cosas en la vida. Dejaré de momento toda consideración en torno al orden dentro del método (o en tanto método) para adentrarme en el vasto terreno del goce sensorial, emotivo y desarrolladamente primitivo de la belleza de la muerte.

Piense el lector en el lienzo virgen, en el papel en blanco y concuerde con que el cuerpo vivo es apenas eso, un principio vacío. Así como algunos se tatúan íconos de escaso valor estético, otros convertimos esa cosa anodina y barata, producida en serie, en arte. Un cuerpo vivo, por estrafalario que parezca, no despierta sentimiento alguno en el usuario; el cadáver, en cambio, derrumbado en una esquina convoca a las masas con su irresistible presencia, incongruencia; pero si ese despojo humano, decía, ha sido tratado además con esmero y conocimiento por un maestro compositor fúnebre, el espectáculo es —sin cursilería— sublime.

Nada excita más la imaginación del sediento que la sangre. Imaginación que no está subordinada o entregada al líquido gelatinoso como entidad única y autocosmogónica, sino al drenar repentino, accidental o no, de un cuerpo dado. Es el brote, la fuente, el orgasmo fértil de la mortandad lo que seduce. Sin ese gesto de la vida al huir, nada es, sólo hay vacío y negación: alguien que muere en la cama, sin arcadas ni convulsiones, sólo muere, sin más. La muerte florida, en cambio, estudiada hasta el detalle y compuesta y escenificada con respeto al canon experimental, se recuerda por años, décadas, centurias, aunque sea sólo por una pequeña y cada vez más sectaria y esnobizada élite, incapaz ya de transmitir su saberhacer.

Y aquí entra el orden en tanto conocimiento metódico: si antes hablábamos de poética, ahora debemos hacerlo de ingeniería. La limpieza de un corte depende de dos factores insustituibles el uno con respecto al otro: buenas herramientas y preciso pulso. Esto es una artesanía, no hay espacio para la revolución industrial. Las sierras mecánicas se ven bien en el cine, nada más; de ser necesaria debe usarse una fina, quirúrgica, para huesos. Un profesional que se respete prefiere siempre el contacto directo, la manipulación de la materia a tratar. Nada hay de malo en probar herramientas más burdas (martillo hidráulico, por ejemplo), es sin duda parte de la experimentación, pero hay que evitar el facilismo exhibicionista del *enfant terrible:* se vuelve hábito, o, peor aún, método.

En rigor, el culto al cuerpo es la última hipocresía de la llamada cultura moderna, la antítesis del orondo sentimentalismo que adorna su materialismo barato; en cambio, si el espíritu (los valores, las tradiciones, los fundamentos) es lo exaltado, ¿no debería admitirse entonces que entre nuestros más profundos valores, tradiciones y fundamentos se encuentra, por encima de cualquier otra, la necesidad de cometer una abstracción con el cuerpo del prójimo y hacerla pública, como un *happening* o un *per-*

formance? Los mimos al cuerpo son inversamente proporcionales a los cuidados que se dan al intelecto en este mundo atontado de tanto mirarse al espejo. La estética, lo repetiré hasta el cansancio, aplica sólo para los objetos inanimados creados por el hombre y nunca para aquello que ha nacido sin intención de ser bello. La estética es para las cosas, no para las plantas o las personas, que pueden ser bonitas o estar buenas, pero no ser estéticas. Nadie es estético, sólo un cadáver puede llegar a serlo si ha sido intervenido con tino y buen gusto, o con mucha provocación.

Practico, según mi ánimo, dos estilos opuestos pero coherentes y seminales en cuanto todo. El primero, calmo e hipertextual, nace de la meditación y el aforismo. En ese justo instante en que la misantropía occidental se encuentra con el budismo zen —neurotizado siempre por su propio afán de infinito—, transmuto, como gacela o delfín, y cometo las obras más reflexivas e intimistas de mi amplio repertorio. El término hipertextual no es vano afán posmodernístico ni retórica informática, sino una, no diría imitación, sino intención de escribir, o, más bien, de construir un puente o puerta entre el pensamiento escrito y el ejecutado. Son esas muertes minimalistas, haikusianas, las que entretienen mi intelecto y mi instinto de trascendencia. La animalidad en cambio, fruto de la desesperación y del retorcido optimismo de quien vuelve a la sabana, es hija del futurismo y de la cultura punk, y la relaciono con la supervivencia. Es el grito de guerra de la genética alebrestada por el hambre y el aislamiento, que no es igual al ayuno y la soledad meditativa. En tanto mamífero tribal, la marginación me acojona —el testicularismo es un buen descriptor de esto— y la adrenalina y la testosterona vuelven todo un ruido uniforme y yo vuelvo todo sangre, también uniformada. Si las primeras son obras conceptuales, éstas son viscéricas y descontroladas, entendiendo que hay en ello un orden, un método, un scriptum entrelazador. Aquí no hay reflexión en un sentido explícito y altoparlante, sino un grito unánime, manifestivo, casi propagandístico y posrevolucionario. Lo interesante es que en ambos estilos, en ambos humores, a pesar de todas las diferencias entre sí (estructurales, conceptuales, formales, incluso semánticas, semióticas) se reconoce el patrón compositivo que me ha hecho famoso y objeto de culto y seguimiento por parte de principiantes y aficionados, amén del reconocimiento académico de mis pares y la simpatía del respetable.

Disculpen el pedantismo, pero insisto en que el corpus lo es todo.

Repeticiones de ausencias

Mamá viajaba mucho, y en una ida a río aproveché para deshacerme de su marido, un sujeto agradable en tanto objeto. Logré una instalación muy buena con él, aunque me la rechazaron en la bienal arguyendo excusas morales. Decepcionado por el circuito comercial del arte experimental, coloqué la instalación en el cuarto de mamá, como regalo, pero a ella le faltó sensibilidad para apreciarla: la estética, seamos honestos, nunca fue el fuerte de mamá. Mamá siguió viajando al extranjero y como en el edificio todos me temían —sin pruebas pero con un instinto de supervivencia actualizado durante millones de años (había convertido aquello en mi coto de caza particular)— me vi obligado a realizar ciertas reformas estructurales en la organización social del mismo. Aunque la política nunca me interesó, comencé a hacerme preguntas sobre la administración y repartición de las cosas; decidí entonces socializar el edificio, desestatizarlo y dárselo a los verdaderos trabajadores. Fue así como nos reunimos unos cuantos colegas para explotar en cooperativa el matadero.

Comenzó una deliciosa época de militancia impregnada de salvajismo sesentayochero, canibalismo poético, destructivismo ruso, y creamos una revista ex situacionista, más próxima a la barbarie que al socialismo. Hicimos nuestra la explícita fórmula bakuniniana según la cual la libertad sólo existe si todo lo que consideramos inmoral es legal. Logramos constituir un círculo social, amigos de maldoror, con actividades recreativas para los agremiados. Un día, carlitos el existencialista llegó al círculo con tremenda resaca y malhumor, y cuando otro socio lo miró atravesao, carlitos montó en cólera y lo maldijo: ¡Te maldigo con la palabra de schopenhauer, las imágenes de schwitters y el sonido de schönberg!, y luego, con tropicalismo, le abrió el cuello y lo pisoteó, como máxima expresión de su desprecio. Carlitos fue sancionado por el consejo pero eso no fue suficiente para los hermanos del agraviado, ahora difunto, quienes llegaron en turba en busca del desafortunado existencialista. Aquella noche, como todas las de sábado, tocaba en el maldoror el grupo agonizar, y llegaron al concierto los hermanos armados y carlitos temblaba como flan y yo pensaba: Señor, se lo van a comer con galleticas, y se lo comieron, claro, y con tremendo disfrute porque carlitos era el existencialista mejor alimentado que he conocido en mi vida.

Algo se está pudriendo, pensé: no es normal que nos comamos unos a otros: ¿dónde ha quedado la conciencia de clase?, me pregunté con real enojo. Fue por eso que propuse replegarnos como único medio para asegurar el abastecimiento en estos tiempos de crisis e incertidumbre. El desmoronamiento del mundo conocido ocurría alrededor nuestro y el edificio flotaba solo en la nada. La crisis de identidad golpeó y nuestras correrías dejaron de pasar desapercibidas en medio de tanta angustia y degeneración. De pronto, sin saber cómo, nos dimos cuenta que los únicos con un mínimo de ética y decencia éramos nosotros: los demás se habían vuelto delincuentes, jineteras y los que no, chivatos. Harto de todo me fui a jamaica en balsa, a alimentarme de turistas y nunca de rastafaris, que son indigestos y ni ahumados saben bien.

Reproletarización del consumo

La disfunción es generalizada en un mundo que se agota en el exhibicionismo vano, intento inútil, cuando sabe de antemano que desaparecerá antes de ver realizadas las más bellas y nobles aspiraciones del hombre [sic]. El mundo sabe que morirá primero, veloz en su escala, y nosotros insistimos en ignorarlo elaborando quimeras unos y otros redentores. Nada cambia; varía el grado de sandez y poco más. Ni eso, tan sólo se concentra en otro punto y luego en otro y en otro más. La realidad se mueve al azar, dando tumbos dentro de sí, e ignora las ideas que de ella se elaboran. En exceso nadista resultaría afirmar que la autoafirmación nada cambia (lo sé, yo decidí ser lo que soy y adapto mi mundo a ello —mas no adapto al mundo mayúsculo—); y nada más lejos de mi interés que desanimar a los jóvenes inexpertos que se adentran en la maravillosa práctica de la descuartización teorética y el desmembramiento de la ontoteleología humana.

Hace siglos, siendo joven e inexperto, pensaba que todo estaba perdido; ahora, con la experiencia del ejercicio cotidiano, puedo afirmar con certeza que si hay una esperanza (horrible sustantivo del que sigo dudando), ésta radica en el autoconsumo caníbal, la antropofagia radical. Cuando me comí la gran manzana pude constatarlo con diversos colectivos autogestivos ahí gestados, y seguí con especial interés las prácticas del canibalismo en la sociedad del hiperconsumo, realizando una profunda antropología del supermercado humano, el estadio más elevado de la occidentalidad posindustrial.

La antropología antropofágica no se interesa por las culturas en virtud de sí mismas, sino por su impacto en el pueblo en tanto alimento. Si me interesa la preservación de la especie es porque de ella vivo: a los humanos hay que criarlos como se crían las gallinas en la granja: con espacio y áreas verdes y agua y demás tonterías que hacen la vida agradable y respirable: cosas para comprar y vender, trabajos que hacer, cheques por cobrar, seguridad social, me da igual: lo que haga falta para que el animal humano crezca sano y sabroso, con fibra y condimentado con una buena vida. No es moralismo ni mero afán de conocimiento lo que me atrae de las ciencias sociales, es tan sólo la necesidad de comer bien: ¿cómo pueden salir buenos ejemplares de una cultura que alimenta a sus hijos con desechos industriales? El supermercado no es ya una metáfora (o representación o simulacro) de la sociedad, sino que ésta, la sociedad, se ha convertido toda ella en uno gigantesco dentro del cual, eso a lo que llamamos supermercado es apenas una tienda de abarrotes en medio del desierto de lo real. Cual mercancías alineadas vestimos nuestro empaque, nuestra marca, y nuestro precio, visible o no, determina el estante al que pertenecemos. Nos autocompramos socialmente, unos a otros, todos los días: no compramos comida, compramos el trabajo de quienes la han producido, distribuido, publicitado, refrigerado, comercializado, etcétera, a lo largo y ancho de una prodigiosa raíz rizomática que repta bajo el mundo de lo aparente (la sociedad del espectáculo). Así con todo, en una espiral de fermat que al llegar a su centro da vuelta y se traza hacia el exterior (y eternizada podría retrazarse hacia su centro, y luego otra vez de vuelta, y así sucesivamente...).

En este contexto, el supermercado humano existe de facto, no asumido pero del todo articulado. Es una consecuencia lógica del occidente nuevo: convertido todo en mercancía (trabajo, ocio, sexo: fundacionales los tres), el hombre se mercantiliza también al agotarse en tanto fuerza de trabajo (la competencia agota el mercado, el trabajo se automatiza, la deslocalización fabril, etcétera). Entonces ya no vende su fuerza laboral; se vende para que otros laboren en él. Los laboratorios médico-farmacéuticos y el tráfico de órganos, por ejemplo, se nutren de este nuevo subproletariado, arruinándolo como alimento. Tengo la certeza, sin embargo, de que tarde o temprano será ahí donde se legalice la cría y compraventa de humanos, última barrera de la moral cristiana.

Entonces, cuando eso ocurra, gracias a cooperativas autogestionadas podremos garantizarnos productos 100% orgánicos.

Algunas postales sueltas

Siglos más tarde volví al edificio, tras un tórrido amor con una mulata ultracárnica pero correosa, como de tercera, y un recorrido especular que me llevó a degustar platillos únicos, entremeses de la buena vida. Convertíame poco a poco en sibarita entrenado, a la vez que diestro cazador y, según mi médico, hombre de acentuada bipolaridad, aunque no la consideré una opinión del todo profesional y lo despedí con carácter definitivo. Entre abyectas labores asincrónicas y humana perfidia logré abrirme paso hasta barbados, donde me uní a mi ejército, y cuando la armada enemiga se posicionó frente a sus costas y los nuestros la vieron, quedaron impávidos y boquiabiertos y anonadados, situación que aproveché para hacer zafra y cuando ellos llegaron, el enemigo, digo, lo único que encontraron fueron huesos y tripas y un complejo diseño tridimensional, en rojo bermellón y verde olivo, que cubría la playa entera. Fue ésa mi primera gran pieza de *land-art,* y las fotos aparecieron en artforum.

En somalia actué por mi cuenta, devorando a diestra y siniestra y poniendo mi experiencia al servicio de todo bando, cuantos más, mejor. No se trataba de dinero, que no se me confunda con un vulgar mercenario; amo el ejercicio de la muerte, es lo que mejor hago. Me profesionalizaba, sí, y el mundo me resultaba tan aburrido e incoherente como el edificio mismo, y tan roto como aquél.

En parís me encabroné con hemingway porque la fiesta fue un desastre, no había self-service, las azafatas estaban impotables —mucho menos comestibles— y además, en realidad, a mí no me gustan las fiestas con artistas y escritores que hablan mucho. ¿Por qué me invitaste?, le pregunté sin ironía, y ernesto, ernest, respondió: Para que huyas de aquí. Aquello sonó un poco a amenaza de ultratumba pero yo no creo en los muertos, a menos que sean míos, y parís, por otra parte, con su contaminación turística, me pareció un excelente coto de caza, casi un *déjà-vu.*

En china fue una delicia en la plaza aquella, mucho después, cuando antes no había pasado y el presente se detuvo ahí. Me despaché a gusto mientras el ejército servía estudiantes uno tras otro y luego sindicalistas y otros desechos más. Viajé a edimburgo con morbo, pero el sida y la heroína sólo dejaron huesos y pellejos y entonces me fui a méxico, el sitio ideal para montar una carnicería. Tras unos meses me aplicaron el artículo treinta y tres, porque le quitaba trabajo a la policía, a los narcos y al mismísimo ejército mexicano, que no me veía con buenos ojos y con cuyos altos mandos discutía a menudo por su estúpida manía de matar indios y dejarlos tirados por ahí, cuando son exquisitos si se cocinan bien. Además, vienen ya, de fábrica, macerados en alcohol.

Eterno retorno

Cuando regresé, mucho antes de haberme ido, todo había cambiado: dados de cabeza y dodos vivos, y subversivos amaestrados y cuadros con radio y tangente y coseno. La situación de la propiedad seguía irresuelta: ¿a quién, en rigor, pertenece el edificio?, y respondía el silencio. La producción de estereotipos y consignas seguía en alza pero el edificio se resquebrajaba. En la génesis de esta fractura se encuentra la construcción misma, un enjambre de valores entrecruzados sujetos por una matemática irreversible e incuestionable, también endeble. Con la soltura de dios y sin la gracia de la caridad del cobre, copérnico fue expulsado, o condenado al ostracismo, y la lógica murió. El tiempo dio vueltas en torno a sí, replegándose, y el edificio en llamas hablaba consigo mismo: autómata desconfigurado, secuencia del olvido, ratonera sin queso. La tormenta, el estallido de la bomba, lo arrasó todo menos el mundo conceptual con botas de viejo lustre y nueva llama —un fósforo en lo negro—. Por supuesto, no es la realidad lo que se dice que es aunque se insista en la vista gorda y la doble corporeidad: la moralidad otra vez, aquí y allá, como eje instrumental del existir y ser y hacer y desear, atributo incuestionable del hombre mejorado, aquí y allá, con gafas gruesas para no ver. No es que el mundo sea metáfora, es que cada metáfora conlleva un trozo de mundo aunque jamás, ninguna ni todas juntas, al mundo entero. La metáfora es la ausencia controlada del querer decir, la insinuación subliminal del recrear. La sangre primordial.

Sangre. Mi primer encuentro con ella, siendo infante, fue un día de pelota. Era mi turno al bate, con cinco años, y le arruiné, por error, el rostro al receptor. La recepcionista del edificio nada dijo, y el edificio tampoco habló porque era mudo. Se hizo un silencio esponjoso, de refresquito en polvo, y el brote de hemoglobina cautivó mis sentidos. Pude ver y oír, amplificadas, las narices resoplando y borboteando chorros de interior hacia fuera, muy afuera, y un llanto poco a poco se alzó. La sangre, lava incandescente, me dio ese día una certeza: la de su propia existencia. Y la importancia de ésta.

Al volver al edificio, decía, la mayoría de mis pares se encontraban en prisión, o habían huido con razón, o en el servicio militar, algunos repitiendo por pésimo comportamiento, afear el ornato, comer los bienes del estado, el ganado humano que administra, y así la cosa, me sentí solo y débil en un edificio demasiado grande y roto y remendado. Imposibilitado para reorganizar a las bases, me fui a matanzas a ver qué había: un engaño, publicidad más falsa que el peso, más barata también. El movimiento caníbal matancero es hoy el triste renquear de cuatro gatos, apenas un recuerdo vago de su antigua actividad. En los buenos tiempos, la banda sonora de la matanza era la sonora misma, y en el descanso, moré con su voz de grajo alcoholizado. Tiempos irrepetibles, fútil añorarlos. Mamá solía decir que la historia tiene cuatro ruedas y a veces se pincha una y a veces dos y a veces tres y otras las cuatro, y se estanca, varada en el camino que ella misma se había trazado. Esta automutilación de la historia, el autoestorbo, no la absuelve de sí misma, pero da igual. Decibelios más, decibelios menos, ajuste del azimut, el ruido del motor se oye por encima del silenciador. Poco importa la obsolescencia en un clásico de colección porque está a la venta, siempre. El edificio no será derrumbado, venderán sus piedras como berlín, en bolsitas de a gramo, y una proyección holográfica se erigirá en su sitio, imitándolo a la perfección aunque sin corpus ni contenido. Esta automutilación de la historia, insisto, sintetiza su triunfo: sin cadáver no hay autopsia, sin autopsia no hay ciencia y sin ciencia no hay verdad. Sólo el chisme, la crónica de pasillo, el comentario de turno configuran el relato de lo real en la ficción de la hiperrealidad.

La televisión es el relato del futuro con comentarios del pasado y narración en presente. Anticipa porque influye, comenta porque reescribe y narra porque es voz única, unidimensional, en el mundo de lo estatal corporativizado. Un cierto dejo de melancolía se deja oír al rememorar los tiempos en que la televisión era libre en manos de una sociedad sin clases: Espera, eso nunca ha ocurrido. Reescribir la historia es fácil; creérsela, aún más. La sodomización de la conciencia colectiva (no consensuada, se sobrentiende) deja un agujero de fuga de ozono, capitales y cerebros que ya nada detiene. La vida se le escapa al mundo por ese hoyo magnético que atrae todas las miradas y repele. Se tambalea el edificio en la zona sísmica del tiempo y no se sabe en qué segundo dará vuelta en sí mismo para iniciar el retorno a su preconstrucción, como el niño que se acurruca en el regazo de mamá tras matar a una paloma y transpira, recreando seudoplacenta. Es ese volver al interior del principio lo que mueve las cosas. La sexualidad es también eso.

El sexo se legaliza cuando se controla y sistematiza todo lo demás (que incluye al sexo mismo, aunque éste no lo sabe), crea categorías, contenedores de sistemas inintercambiables y no objetuales demasiado tiempo. El sexo es la única simbología medianamente efectiva de la libertad en la sociedad occidental, y esa medianía está delimitada o constreñida por entidades asexuales, desexualizadas en lo superfluo y pornográficas en su profundo haber; la iglesia, último reducto del infierno, ejemplo concreto, no muy halagüeño. La orgía de fe y poder de las iglesias todas contradice su supuesta sobriedad espiritual, económica, sin que sea muy diferente al proceder de la banca, del estado, de la empresa, de la prensa, del partido, de la armada, el sindicato o el correo porque en un sentido u otro ella, la iglesia (singular pluralizado) es la madre de todos ellos, todos se basan en ella. La organización, en los últimos dos mil años la representa ella; hasta la subversión se atreve a imitarla, dejando de serlo. La iglesia es el eslabón entre el mundo antiguo y el moderno. La iglesia, su proceder, es el link entre alejandría y google.

¿Qué es la información si no hace análisis de sí misma, de su estructura y automatismos y manía de sinérgica simplonería? Treinta segundos en el noticiero lo único que muestran es lo poco que exigimos, por eso me puse como un canguro, y furioso me abalancé sobre el periodista cuando mencionó mi nombre, acusándome de haber salvado la vida de un honrado hombrezuelo, lo cual es falso como una verdad. Para demostrarlo, sacrifiqué al reportero ante las cámaras, online y realtime. Me dieron un emmy al mejor stand-up comedy show, y otro por mejor videoclip de heavy metal: an unsophisticated music for unsophisticated people, dijo el presentador haciéndose el guapo y lo canalicé ipso facto: regadío de vino tinto. Un guardia vino corriendo, amenazante (música de acción) y mi estilete penetró en su ojo diestro descorchándole el cerebro meticulosamente almidonado: con él dicté una clase magistral de disección que aún hoy puede ser hallada en internet y en algunos manuales universitarios sudamericanos y de europa del este; y en moscú, en editorial progreso, todavía tienen en catálogo tres obras mías, aunque fuera de circulación: metafísica de la pornografía, por una praxis nihilista y crónica del silencio, un ruidoso panfleto...

Se puso de moda un día lo de ir a la caña voluntariamente obligado, y todos se volvieron cañeros y yo también. Cuando me dieron el machete y me dijeron: Arrasa, fui el hombre más feliz del planeta. El ejercicio de la caza en un cañaveral es uno de esos trucos avanzados que no cualquiera puede realizar pero nadie debe perderse: todo ahí atenta contra el cazador, y aun así salí indemne. Después de aquello, quizá temiendo un escándalo, me enviaron a pyongyang, vía colombia y puerto rico.

Reflexiones en torno al morbo

Una noche, con tremenda borrachera, me puse como un sicópata y planché a un policía. La plancha era rusa, de grueso calibre, y se la pasé hirviente por el cuerpo entero mientras chillaba como un cerdo y lamentaba haber nacido. Nada tenía contra él; me pidió los documentos de mala manera y en peor momento. El asunto me tuvo nervioso durante una temporada, tras el estreno, porque la prensa no pasa por alto una obra mía y todos se creen críticos de arte, opinando a la ligera y sin entendimiento de las cosas y sus símbolos. Todos los días mostraban fotos del cadáver (es cierto que me quedó muy bonito, con marcas de plancha haciendo un lindo dibujo selvático, grandes hojas tropicales, y las ampollas reventadas y la supurante carne, volcanes y lagos fétidos y estancados): había algo de naturaleza muerta en todo ello. La familia no lo entendió así, unos palurdos de clase media incapaces de apreciar una buena obra, y todos los días aparecían en la tele y en los periódicos diciendo tonterías, como si ellos fueran también críticos de arte; pero un día, el hijo del objeto, un guapito de veinte años, medio afeminado él, afirmó ante las cámaras que cuando agarrara al que le hizo esto a papá le iba a hacer no-sé-qué, y ese no-sé-qué no me gustó y fui pallá dispuesto a darle coquito y luzbrillante, todo junto y revuelto, hasta que me vio, lo vi, y el pobre temblaba y lloriqueaba sin parar. Entonces comprendí que no se debe torturar a los débiles, que es inmoral. Los mata el miedo antes de empezar, les da un infarto y te arruinan la fiesta. Es patético. A los débiles y a los cobardes hay que matarlos rápido, de un solo corte. Las cuchilladas post mórtem son inútiles: la sangre no mana. No hay belleza en ello. Ni placer.

A los medios les encanta mi trabajo; lo reproducen a todo color y lo reconocen como mío, y aunque las normas de la moralidad social los obligan a repudiarme, en el fondo lo que más desean es que les entregue una nueva pieza. Son ellos mis más fieles galeristas, mis mejores relaciones públicas. Un día, el dueño de un prestigioso periódico japonés me llamó a mi número privado; yo me encontraba en roma, cenando en el vaticano, cuando respondí con la boca llena de carne bendecida. Me ofreció ocho millones por una pieza única, exclusiva, y además urgente. Regateé hasta diez y lo cerramos en nueve. Debía trasladarme a tokio, esa megaurbe llena de amarillos posmodernos, en constante movimiento y lumínica como escenario o estadio. Debía operar allá pues al parecer los buenos reportajes escaseaban y las ventas del periódico se estrellaban contra el suelo. La paga estuvo bien pero tokio fue aún mejor. Por el precio de uno les dejé una exposición entera, y el tiraje del diario decuplicó su volumen durante meses. Después me comí al dueño, avorazado.

El morbo mueve a la humanidad. Casi todas las grandes obras, así en el arte como en la política, en la ciencia como en la cultura, se alimentan de éste. El morbo es relativo y cambiante y no siempre se representa de la misma forma pero siempre está, incluso cuando se agazapa en su escondrijo moral. Malsana la sociedad que carece de éste y se nutre sólo de ñoñerías agradables y autoloas y peace & love. Desprecio a la gente que no piensa en la muerte a cada instante, con constancia y serio empeño, voluntad de aprehenderla, como no tolero a los que la temen y lloran y suplican. Hay muchos morbos, sí, pero todos se relacionan con la muerte. La obsesión por el cuerpo, la salud y la higiene está intrínsecamente vinculada al temor a la muerte y, sobre todo, al temor a los estragos y a la suciedad de ésta. El morbo, decía, adquiere diversos modos, distintos tonos. Me parece en extremo morbosa esa manía de sustituir los placeres de la cultura culinaria por cápsulas de vitaminas y mantequilla de omega tres. La gastronomía entera arruinada por esta contrapornografía homeopática y ridícula. La cultura, en su sentido más puro, devorada por el culto a la salud.

A mí, desde luego, me gusta la gente sana, aunque no encuentro problema alguno en un cierto aliño de drogas o alcoholes, o de otras toxinas animales o vegetales. Pero la carne de quienes se alimentan sólo con sustitutos seudofarmacéuticos, vanas imitaciones de energía vital, réplicas del genuino alimento, sabe exactamente a nada. O peor. Carne tan aséptica sólo puede provenir del laboratorio. Sabe, ésa es la expresión, a carne sintética, a comida de astronauta. Me gustan, en cambio, los que comen buenos productos, así animales como vegetales, y granos y fibra. Una dieta equilibrada, que incluya todo y que no se estanque en nada. Yo mismo no alimento mi ser sólo con carne de humano; lo consideraría en exceso limitado teniendo en cuenta que hay otras, no tan exquisitas pero algunas muy bien logradas. En particular la de ballena es de mi agrado; las de tortuga o iguana no las desprecio, ni la de venado, cazón o armadillo. Como productos de la granja para acompañar mis modestas bacanales, y las riego con abundantes vinos y brebajes. No soy amigo de otras drogas; me gustan, sin embargo, incluidas en el plato principal. Soy omnívoro y gastronómico: necesito comer de todo para perpetuar la especie y necesito cocinar de todo para perpetuar la cultura, aquello que nos excluye de la zoología. Seré un artista de la muerte pero mi materia prima son los vivos. Necesito que haya humanos sanos y bien comidos para vivir y realizarme. No amo a nadie, pero me gustan todos.

Selección natural y lucha de clases

Antropofágicamente hablando, no hay una raza superior a otra ni una clase más rica. Es cierto que en términos culinarios la riqueza se encuentra entre los pobres o entre los aristócratas, los únicos capaces de generar verdadera cultura gastronómica; las clases medias se alimentan de comida instantánea y basura intergaláctica. Le preguntas a alguien ¿qué vas a comer? y responde: cualquier cosa. No es posible comerse a alguien que a su vez come «cualquier cosa». No es decente, ni ético. Sin caer en clasismo alguno, insisto en que sólo el proletariado y las élites tienen algo que ofrecer.

Es cierto, sí, que en todos lados, en todas las culturas, hay un grueso social, un conglomerado que con justeza se llama clase media pues representa la medianía de todas las cosas y deseos, y es cierto que en esa clase, o grupúsculo, o como se le quiera llamar, pero en todo caso sin olvidar su extensión y su poder conjunto de consumo, en ese grupo, decía, se come mucha mierda y no genera, precisamente, cadáveres exquisitos. Pero no quiero parecer clasista con este comentario; en primer lugar, insisto en ello, porque la llamada clase media no es en rigor una clase sino un conjunto de éstas, una suerte de gueto de la medianía.

155

No sé cuándo comenzó esta cosa mía de desear a mamá pero recuerdo con transparencia que a los seis o siete años, una noche, mientras dormía, le acariciaba el cuello con el cuchillo del pan, sin rasguñarla apenas.

Me encontré a mamá en san juan, donde estaba de crucero de luna de miel con su nuevo esposo, un elegante hombre sin rostro y hablar pausado y grave. Me cayó bien, por eso fui a comprar equipo nuevo sólo para él. Mamá lloró un poco, pero el hecho es que la convertí en heredera y ella me desheredó, me dijo que desapareciera de su vida. Y lo hice, claro, aunque fue ella la desaparecida. La policía de puerto rico es fácil de sobornar, y aunque llevaba diversas muestras de coca de don pablo para kim, me dejaron ir, por un puñado de dólares.

El asesinato de mamá —una obra maestra, si se me permite la inmodestia— fue en virtud una posesión, la definitiva y ultimadora. La única en verdad.

Por un humanismo radical

La verdad, no sé qué es la verdad. Cierta insistencia en lo verdadero me aturde como se aturde al mosquito con la palma de la mano, sin matarlo, haciéndolo volar torcido. Inclino la cabeza cuando se habla de la verdad, con duda y condescendencia, y el lenguaje interno, el que no requiere del esfuerzo de ser traducido a otros, se alborota y parlotea en mi cabeza, como a veces ocurre con las voces del más allá (jehová, lucifer o cualquier otro adorado salvador) y la carnicería se hace. Sentimiento similar me embarga cuando se habla de la verdad: se me despierta el apetito, las incontrolables ganas de abrir en canal al susodicho insensato (concreto, individualizado), extirparle corazón, cerebro, vísceras e invitar a los amigos a un asado el domingo en la tarde, con chimichurri y tinto mendocino y festejar en nombre de la verdad verdadera, la autorizada por la fidelidad. Devorarlo, vaya.

Eso me ocurrió la otra noche, mientras departía con ciertos innombrables intelectuales, ideólogos ambos, de un bando y otro. El primero defendía las verdades del mercado con el esmero de un buen vendedor; el otro hablaba con soltura de las del estado, no sin cierto espíritu carcelario, muy igualitario por cierto. Discutían como necios inflamados por el alcohol y la ideología y yo pensaba que esos dos cerebros eran un verdadero desperdicio y los preparé con champiñones de parís y hierbas de la provenza y un ligerísimo aderezo de mango y vino blanco.

A la postre, sólo la gastronomía define qué es lo real, lo verdadero...

Somos lo que comemos, ergo, soy humano. Los vegetarianos son lechugas y coliflores, los macrobióticos patéticos granos, y los carnívoros cerdos y vacas: sólo el caníbal se humaniza al grado de compenetrarse de manera tan íntima con la humanidad entera, no importando raza, religión, ideología, preferencia sexual, clase política, social, económica o cultural. La antropofagia, súmmum del antropocentrismo, es el más alto grado de la civilización humana. La salvación devora, devorar salva. ¿De qué? De comer mierda, en primer lugar. Amo a la humanidad; me parece lo más bello de este asqueroso planeta lleno de simios y lagartijas y cucarachas y salmones ahumados y verduras al vapor y cuscús. ¡Señor! ¿Se puede caer más bajo?

No hay verdad, en consecuencia la mía es verdadera: tan falsa como cualquier otra, tan ficticia como las demás, tan veraz y esquiva como la realidad cuando no se deja atrapar (nunca, o siempre), tan inenarrable como la vida y la muerte. El hambre es un problema real en nuestro sufrido mundo; tarde o temprano los llamados líderes mundiales comprenderán que los muertos deben alimentar a los vivos (y esto no es una metáfora, un artificio de la lengua, una licencia poética). ¡Cuánto desperdicio en funerales, cremaciones y otras bárbaras maneras de deshacerse de un cadáver cuando sólo hay una forma genuinamente ecológica y solidaria! Me preocupa la humanidad, claro, su futuro: ¿cómo voy a sobrevivir si no?

Ah, pero aquellos torpes intelectuales defendiendo sandeces insignificantes al lado del humanismo jupiteriano que me embarga. ¿Tú qué opinas?, preguntaron ambos a la vez: Opino que se me abrió el apetito, respondí; y ellos, tan inteligentes y sagaces, no previeron lo que se les venía encima (un hacha) ni fueron capaces de intuir de dónde proviene mi humanidad, mi humanismo, mi cultura, mis ideas, mis sueños y aspiraciones: mi libertad, pues.

Todo eso, querido lector, me viene del hombre mismo.

Recuerdos de niñez

La confusión es grande en el edificio: un delirante asunto sin importancia mas cargado de connotaciones otras se ha presentado sin previo aviso, estruendo y aliteración: un suicidado del vigésimo piso, vigésimo quinto tal vez, aunque fue un suicidio magnífico y bien logrado, y el único grito que resonó en el eco fue el de la vecina del primero, cuando le estalló en el rostro el cráneo del difunto, salpicándola.

El suicida era un desconocido, no un vecino simpático y agradable sino alguien de fuera, ajeno y quizá tenebroso, por lo que a nadie importó el muerto (ni su nombre ni su apellido) aunque hubo una asamblea para regular el uso de las instalaciones suicidiarias del edificio, dando prioridad al inquilinato. En el comité dijeron que había que estar vigilantes y siempre con la guardia en alto para impedir que cualquiera viniera a suicidarse aquí, que qué cosa es eso, pero no pasó una semana, sin embargo, antes de que otro hombrecillo sombrío —dicen que un malversador— subiera a la azotea y planeara en caída libre hasta consumar su última voluntad.

A partir de entonces la cola para utilizar nuestras instalaciones le daba la vuelta a la manzana, al grado de volverse imposible entrar o salir del edificio sin que una horda de genuinos desesperados se lanzara sobre uno suplicando: Cuélame, cuélame, por favor, gemían uno tras otro, una tras otra, con la misma cantinela lastimera y estriada, cuando lo cierto es que los vecinos ya habíamos acordado, por unanimidad, no dejar pasar a nadie: Se acabó el jueguecito, caballero, dijimos al unísono. Y entonces se suicidó una vecina, la gorda del octavo, quien se lanzó con un paracaídas de sábanas viejas y ripeadas que sólo sirvió para cubrir su cuerpo autoestrellado. Luego le tocó el turno a un niño de diez años cuyo nombre no recuerdo aunque era amiguito mío, pero se dice que eso fue un accidente jugando conmigo, y que quizá ni fuera accidental: en los edificios siempre hay chismes conspicuos y traicioneros, y éste no es la excepción, por eso comenzaron a rodar bolas sobre quién sería el próximo en tirarse y aunque las apuestas estaban prohibidas en todo el territorio nacional, las hubo. Fue, por cierto, un coronel, creo que del diecinueve, quien se llevó el dinero de todos porque acertó al nombre, al día y a la hora, y hasta hubo insinuaciones de que estaba conchabao con la viuda del difunto. El coronel montó en cólera, dijo que eso era un absurdo, un vulgar brete solariego, aunque a los pocos días fueron vistos en una situación que las más conservadoras del edificio adjetivaron como indecente. En cualquier caso ya nada de esto importa: la viuda fue la siguiente.

Ese día hubo dos suicidios: el de la viuda misma y el de un colado que, aprovechando la confusión, el mayúsculo desconcierto, subió a lo alto del techo y se dejó caer, así, como si abajo hubiera agua o un colchón inflable a gran escala, a pesar de que el sujeto bien sabía que no estaba autorizado a utilizar las instalaciones. La policía, al llegar, se encaró con el encargado y le dijo de comemierda parriba y se lo querían llevar por negligencia pero todos intervinimos y dijimos que era culpa nuestra también, y entonces nos llevaron a todos.

Así las cosas, un día se me ocurrió probar en carne propia las relucientes instalaciones del edificio pero los vecinos se me echaron encima arguyendo que carecía yo de derecho porque era yo un vecino ruidoso y desconsiderado, de modo que nada de eso, a joderse con la vida como todos los demás, dijeron ellos. Lo malo es que se lo contaron a mamá y mamá montó en cólera porque cómo era posible que yo, que en nada contribuía al edificio, me creyera con derecho a utilizar sus instalaciones en provecho propio, y yo pensé que todo esto era ridículo porque una vez suicidado ya no utilizaría nada más, ni en beneficio propio ni en el de nadie y además ¿en qué consisten exactamente las ventajas de vivir en el edificio si se me despojaba de mi autopotestad?

La cosa empeoró. Los aspirantes a suicidas seguían rodeándonos y pronto tuvimos que salir con palos y piedras o lo que hubiera para quitárnoslos de encima, pues parecían zombis de george romero. Se nos lanzaban y mordían, por eso conseguí en el barrio del canal una escopeta de dos cañones y un consorte de La Timba la recortó, lo que tampoco resolvió el problema porque a los suicidas lo mismo les da morir de mal de altura que de intoxicación de plomo, quedándome perplejo con el resultado: cubrir la calle con restos humeantes no parecía ser la solución.

Había días tranquilos también, y días anodinos y aburridos, tanto que daban ganas de suicidarse de verdad. Poco a poco, conforme la novedad se hacía vieja, la fascinación dio paso al tedio y las instalaciones cayeron en desuso. Todo volvió así a la normalidad. O al menos a una imitación no tan burda de ésta.

En llama el fin

Así estaba la cosa, la situación se consumaba en un caos de incertidumbre y locura colectiva, panacea y oscuridad hecha de luz y tormenta. Poesía es poca cosa para nombrar la dulce belleza de la tortura, el sofocante estertor de la caída, el aliento que se escapa de lo vivo. Metafísica es nada al lado de esto. En candela el edificio, el mundo, la humanidad que se divierte y goza de compras y la otra que no lo hace porque no puede o no quiere (beneficio de la duda) mientras todo arde y se disloca y colapsa. La tapadera del silencio echa espuma por la boca y adolece mayonesa en el pan con tontería de cada día. Mostaza la vida entera un suspiro, un desvarío.

La cosa estaba en llama y un adjetivo cualquiera podía incendiar el cañizal, y así ocurrió, como ha ocurrido muchas veces, en muchos lados, y al igual que en aquéllos, acabó mal. El fuego se hizo pan de cada día, la sed, la diarrea, la anemia y la conjuntivitis. El boquete en el orificio del agujero del tiempo tan inmenso se hizo que parecía devorar el hoyo al universo entero. Naturaleza flaca, ni resistencia oponer, ni saber hablar ni qué decir, sin sentimientos ni razones ni humores ni amores ni odios ni certezas ni dudas. Nada: naturaleza hueca, chorlito andante, mazorca rota y pendeja. De hecho, todo estaba roto y pendejo en ese instante: parecía desplomarse y lo hacía, sin duda, mientras el hombre y la mujer estaban más rotos y pendejos que todo lo demás. No hay poesía en tiempos así, sólo rotura y pendejez.

Pero no todo estaba perdido, caballero. La situación resultó ideal para iniciar un modesto mas lucrativo negocito de pompas fúnebres —figúrese usted— conmigo al frente y mis socios al lado, como buenos hermanos de causa, ideología y moral. Ya tú sabes lo que parecíamos: corbata negra, saco negro, zapatos negros, humor negro retinto repodrido de albañal. Sólo así; de lo contrario se expira en el intento y no estoy para eso.

Un día llegué al fin del mundo. A pesar de la aparente imposibilidad, al verlo supe que ése era el sitio correcto, el instante preciso, único escenario posible, último reducto. Entre volcanes y montañas se abre el lago pútrido, infecto, deteriorado en toda su zoología, humanidad incluida. El más bajo escalón de la decadencia, la sociopolítica y el estructuralismo francés: todo estaba roto en ese sitio absurdo y paradisíacamente infernal, retorcido como el más dulce idealismo idiota. Aun así, hay buena carne en el fin del mundo: kosher, bolognesa, asado de argentino, tacos de mexicano, magret de conard, pepián de guatemalteca, entre otras delicias del mundo llamado libre. Cierta riqueza hay en la pobreza de este rincón asqueroso, cierta exquisitez en su simpleza. Las aguas verdes del lago, con algas pegajosas y piedra pómez flotando en la superficie, reflejan como pueden el impúdico sol nuclear; el atardecer se refocila en las laderas de las montañas, lame la punta de los volcanes y se acuesta con las nubes de esmog y radiación. No queremos darnos cuenta, pero el fin del mundo está a la vuelta de la esquina, en la misma cuadra, en todo sitio y cualquier instante. La metamorfosis comienza ahora, sin saber adónde conduce este enmarañado sistema de códigos a ratos incomprensibles, o inasibles, inspirados en la autoestima (¿qué es eso?) y se hunde en el anatema de la conversación conversativa conversacional que inspira toda tradición del fin del mundo.

De pronto, todo se derrumba alrededor, se rompe en mil trozos que ya no pueden ser unidos ni vale la pena hacerlo: sociedad de caníbales sin ética ni estética (¡sin gastronomía!): trogloditismo sin fondo, sin cocción ni decoro. Falta de respeto a la comida. Perdido todo esto, se pierden los últimos rasgos de humanidad. Mientras el paladar se impregne de inventos culinarios y los sentidos todos se subviertan ante la magna obra del Hombre, seguiremos, incluso a pesar nuestro, siendo humanos... .

Girls, girls, girls

¿Cómo no hablar de ellas si a lo que ellas se dedican es a hablar? No es que no me gusten —que nadie, por favor, saque abyectas e indecentes conclusiones— pero las prefiero enmudecidas o gimientes, no parlantes. No hay, en el universo entero, subespecie capaz de expeler tantas palabras en tan pocos segundos. Tienen, además, la tediosa costumbre de posar preguntas cuya respuesta en realidad no quieren oír. ¿Me amas?, interrogan, y uno no tiene más remedio que responder: No. Y luego braman, gruñen, rugen, chillan y no queda más remedio que arrancarles las cuerdas vocales y callarlas forever, sin contemplaciones ni condescendencia ni cursilería de tipo alguno. Shut up, tais-toi, cierra el maldito pico de una puta vez. Y bang (o pum o cran): se acabó lo que se daba, se anuncia el fin y se concretan poquísimos minutos, segundos, nanofracciones de microinstantes rotos y delirantes y el telón cae.

Adoro a las mujeres. Son manjares exquisitos, delicados, ganado de engorda. Antes de comerlas hay que marinarlas como se merecen. Asadas en sus jugos son deliciosas. Hay que descorcharlas para que los fluidos embarren sus mórbidas carnes de ultratumba. En una dama las piernas lo son todo: largas, sensibles, tersas: las superan las nalgas, pero no todas las ciudadanas tienen. Su verdadero potencial cárnico se esconde en muslos y pantorrillas (los senos son un asco: porosos, indelicados, carentes de sustancia): el costillar tiene su gracia, quizá por provenir de una costilla ellas. De postre, sus sesos fríos, tan llenos de romanticismo...

De todas formas, la peor de las féminas es siempre mejor que el mejor de los hombres, sobre todo difunta. Hay colegas quisquillosos que suelen tener problemas con las mujeres (matar hembras es inmoral, etcétera): yo no: yo soy igualitario: matar a una mujer es tan natural, divertido y seductor como deshacerse de un hombre cualquiera. No hay diferencia: insisto en que canibalísticamente hablando todos los mamíferos humanos somos iguales (las diferencias son en todo caso individuales, no raciales ni sexuales): sólo los y las adalides (adalidas) de las diferencias semántico-ideológicas pueden insistir en lo contrario. Claro que las feministas son unas asquerosas farsantes que no buscan la igualdad sino el poder, pero el desprecio a ellas no debe ser extrapolado al conjunto de la población femenina. Mil veces se me ha llamado misógino; me indigno ante ello: insisto en mi radical igualitarismo: soy un misántropo humanista; son las feministas, en cambio, las intolerantes, y por ello mismo intolerables e indigestas en grado sumo. Además de hipócritas. Una vez, lo recuerdo bien, estaba decidido a darle cuchillo a una que encontré a la salida de una convención y comenzó a gritar que yo estaba a punto de cometer un femicidio y que yo las odiaba a todas, y para demostrarle lo contrario le mostré la colección de cadáveres masculinos que aún estaba trabajando en el hangar y chilló más y más y más y dijo que no era justo, que a ella no la matara:

Soy mujer, gritó, como si eso significara alguna diferencia para mí...

Arte, concepto y espectáculo

Very ugly painting on other side, dice un cuadro colgado al revés, con el óleo mirando hacia la pared

166

y la parte trasera, con el letrero en cuestión, al frente. Es una galería más bien mediocre, en antigua, y la exposición es de una rubia hermosa aunque tatuada. De todas formas la torturé con dulzura y sadismo, y al galerista también, pero devorarlos no pude: el galero era heroinómano (la carne de estos seres suele ser inconvenientemente ácida) y ella, la artista, llena de tintas con plomo. Admito que me enamoré de ella apenas verla (sin sentimentalismo: puro goce estético): la artista, sin saberlo, era ya una obra de arte: por eso la colgué en mi habitación hasta que se cayó a pedazos. Su pintura, en cambio, me pareció mediocre, como toda la plástica actual, aunque la pieza en cuestión —very ugly painting... etc.— me resultó sugestiva, incluso de una honestidad brutal, genuina, y no me quedó más remedio que admirarla y desearla.

Al día siguiente fui a la exposición de uno de los múltiples e infames imitadores de botero (si el colombiano es malo e indigesto sus epígonos son peores): un ser graso, despojado de sutileza, lleno de pedantería cual artista moderno. En los tiempos que corren nada hay más absurdo que continuar perdiendo el tiempo con óleos, acrílicos y dibujitos varios: el mundo es tan abstracto e irracional que todo realismo carece de rigor; la figuración es un timo cuando se vive en un mundo figurado, tal y como la espectacularidad es inocua en la sociedad del espectáculo. La información, en el mundo informático, sólo desinforma...

Tengo una computadora. Todo el mundo tiene una computadora en estos días nuestros, y yo no soy la excepción. Mi disco duro está lleno de obras mías, todas entre la naturaleza muerta, la abstracción radical, el minimalismo maximalista y el conceptualismo preconceptual. Soy un teórico pragmático y un primitivo posmoderno. Si eso no alcanza a describirme en toda mi inconsistencia e inconsecuencia, no sé qué podría hacerlo. Desde luego, no es culpa mía que el mundo sea a la vez contradictorio y absolutista, disoluto y moralista, constante y discontinuo. La vida es un subproducto del caos, y yo, hijo suyo también.

Chaos is the order of nature, they say. Tienen razón, no hay nada como un buen desorden para comprender que el orden es siempre producto del caos cósmico, existencial, metafísico y dialéctico. La dialéctica es la ciencia del caos; el principio racionalista ante la pérdida de la razón misma. La metafísica es su complemento lógico. La experimentación, el único dogma todavía viable. El cisma, la verdad.

Asesinato del Comité Central

Un día se alborotó el edificio. No fue la primera ni la última vez en ocurrir, pero en aquella ocasión el morbo fue mucho, el escándalo mayúsculo. Había organizado un pequeño convite con bebés asados y una treintena de salsas para acompañarlos. Entre los invitados se encontraban algunos connotados políticos y un par de intelectuales muy orgánicos y sabihondos. La cosa se salió de control cuando llegó el ministro de salud, a quien alguien había invitado por error, y al ver aquello el muy cristiano comenzó a dar voces de auxilio y a gritar ¡pero qué es esto!, ¡qué bar-

baridá! Y a mí nadie me grita, mucho menos en mi casa y frente a mis invitados, así que con los propios cubiertos de la cena lo silencié sin ceremonia ni piedad, cortándole aorta y yugular y clavando tenedores en su pecho inflamado por la falta de oxígeno vital.

El edificio entero enmudeció y uno de los intelectuales comenzó a sollozar mientras un alto burócrata del partido trataba de contenerlo a sabiendas de que me lo comería si continuaba el gimoteo. No lo logró. Pronto los gemidos se convirtieron en llanto descontrolado, y como los bostezos, el llanto se propagó entre los asistentes y no quedó más remedio que acabar con ellos. La cúpula política masacrada en mi modesto hogar, y la gritadera de esos cerdos no contribuyó a la clandestinidad del acto. Llegó la policía, el ejército, la seguridad del estado, los milicianos, las brigadas de respuesta rápida y los pioneritos de vanguardia. Tremendo bochinche, literalmente hablando. Al final, nadie estaba seguro de si debía agradecerme o condenarme por privar al edificio de tan ilustres mentes, estricta moral y vida recta y ejemplar. Como la mía.

Yo no había hecho mérito alguno pero sí tenía abundantes amigos, socios y ekobios varios en los altos estratos del poder real. Sé mucho de ellos, conozco sus secretos, sus vicios, perversiones y demás. Por eso de culpable pasé a ser el único superviviente de un ataque planeado y perpetrado por agencias de espionaje extranjeras con la ayuda de grupúsculos terroristas locales de escaso valor ideológico, dijeron los despachos de prensa. No creo en milagros; la libré gracias a mis contactos, a la ardua labor de soportarlos en sus borracheras, en los reclamos que no pueden soltar en voz alta, en el rencor que supone pertenecer a un orden en el que no se asciende porque el poder no rota. Mil veces oí la misma cantinela. Honestamente, me tenían un poco harto con tanto lloriqueo. Es como si yo chillara porque el asesinato y el canibalismo están prohibidos: jamás me ha detenido eso. Me consideraría mediocre y cobarde si las normas legales, políticas o morales coartaran mi esencia, aquello que me hace ser lo que soy, el superyó que llevo dentro. ¿Por qué lloriquean? ¿No han aprendido de la historia que el poder se arrebata, se toma por las armas y que cualquier otra cosa es blandenguería pequeñoburguesa? Al menos eso dicen, así hablan.

Luego, nada pasó. Yo continué con mi vida y el poder con la suya, cruzándonos cada día, sonriéndonos al pasar y, por la espalda, a hablar mierda uno del otro.

Guatemala, verano de 2010

El misterio del dedo ausente

—¿Qué te pasó en el dedo? —dijo al ver la ausencia de meñique en mi mano derecha.

—Lo perdí —y alcé los hombros en señal de incomprensión.

—¿Cómo lo perdiste? No entiendo...

—Yo tampoco entiendo. Creo que olvidé qué ocurrió.

—No puedes olvidar algo así... —insistió ella.

—Mi madre solía decir que tenía que comer más remolacha para no olvidar las cosas.

—¿Qué diablos tienen que ver tu madre y la remolacha en todo esto?

—No lo sé, olvidé de qué hablábamos...

—¡De tu dedo! No pudiste haberlo perdido así como así...

—Te digo que así mismo fue. Primero estaba ahí, jorobado como siempre ha estado, y ahora ya no está.

—Eso puedo verlo...

—¿El dedo?

—¡Su ausencia!

—¡Te digo que lo perdí!

Ella hizo un gesto de descontento, de esos que suelen ponerme los pelos de punta, y continuó:

—¿Qué dijo el médico?

—¿Qué va a decir?, que soy un tipo con muy mala suerte, que la gente normal no suele perder los dedos

173

un día cualquiera y que más me valdría cuidarme un poco más.

—Ese doctor sin duda sabe lo que dice...

—No estoy tan seguro; él tampoco pudo darme explicación alguna.

—Es que no hay explicación posible. Nadie pierde un dedo y sigue así de contento.

—¿Quién dice que estoy contento?

—¡Tu estúpida sonrisa lo dice!

—Deja mi sonrisa en paz...

—Claro, como tu dedo.

—El dedo está de lo más bien...

—¡El dedo está ausente, eso es lo que está!

—Pues déjalo así. Ya te dije que está bien.

—¡Ningún dedo puede estar bien si no está!

—No te pongas metafísica...

—Ninguna metafísica, hablo de un dedo material...

—Que ya no está.

—¡Exacto! ¡Ése es el punto! ¡No tienes dedo!

—Tengo otros cuatro en esta mano. La verdad, no entiendo a qué viene tanto drama...

—Me importa un pito cuántos dedos te quedan, lo único que quiero saber es cómo perdiste el faltante...

—¿Y eso qué más da, si ya dijiste que no te importa?

Me miró de arriba abajo, inspeccionando mi porte y aspecto:

—Seguro se lo diste a otra...

—¡¿Cómo voy a darle mi dedo a nadie?!

—Van Gogh lo hizo con su oreja...

—Van Gogh era un lunático incurable que no tenía nada más que regalar...

—Ah, tú regalas otras cosas... Ahora entiendo...

—Pero amor, no hay nada que entender...

—Evidentemente, pues no puedes explicar con certitud adónde ha ido a parar tu estúpido dedo.

—No te metas con la inteligencia de mi dedo, que no es ningún imbécil...

—¿No deberías hablar en pasado al referirte al dedo ausente? Después de todo ya no está...

—¡Ya sé que ya no está! ¿Quieres dejarlo en paz, por tu madre?

—Deja a mi madre fuera de esto. Siempre metes a mi madre en tus problemas.

—Pero si no tengo problema alguno...

—¡Te falta un dedo! No irás a decirme que eso no es un problema...

La cosa se salía de control, y por más que le daba vueltas no sabía cómo contener esa furia suya tan temida:

—¿De qué hablas?

—¿Qué va a decir la gente cuando vea que te falta un dedo?

—¡No tengo ni puta idea!

—Claro que no; nunca te ha importado lo que digan los demás.

—¿Y por qué habría de importarme?

—¡Porque los demás tienen todos sus dedos y tú no!

—¡Coño! Lo perdí en una apuesta...

—¿Apostaste tu dedo?

—Eso es lo que estoy diciendo...

—Entonces el idiota eres tú, no el dedo...

—Ahora me insultas a mí...

—¿Y a quién voy a insultar? ¿A Van Gogh?

—¡A tu madre! ¡Ella me cortó el maldito dedo!

—¡Ya te dije que la dejes fuera de esto!...

—¡Pero es cierto! ¡Ella lo hizo!

—¿Y por qué habría de hacer algo así?

—¡Qué sé yo! ¿Por qué no le preguntas tú?

—No pienso preguntarle a mi señora madre por qué hizo algo que sé que no hizo...

—¿Y entonces quién lo hizo?

—¡Eso es lo que estoy preguntando desde el principio, imbécil! —y se fue a la cocina hecha un huracán, rompiendo todo a su paso y bufando como gato herido en el más hondo orgullo de su ser.

Conté hasta diez antes de seguirla, y al cruzar la puerta la encontré de pie en medio de la estancia, con esa jodida sonrisa triunfal que tanto le gusta restregarme en el rostro:

—Aquí está tu estúpido dedo —dijo mientras levantaba un meñique de la tabla de cortar.

Miré con sorpresa el dedo y murmuré sin entender:

—Pero... ¿qué hace ahí mi dedo?

—¡Eso es lo que yo quiero saber!

—¡Pues no lo sé!

—¡Pero qué clase de hombre va por ahí dejando el dedo suyo!

—¡Y qué clase de mujer regaña a su marido por un dedo ausente!

—Ya me lo había dicho mi madre: «Hija mía, jamás te cases con un hombre sin meñique»...

—¡Pero si al casarnos tenía los dos meñiques!

—¿Sí? ¡Pues ahora sólo tienes uno!... ¿Cómo explicas eso?

—Te digo que todo es culpa de tu madre...

—¡Que dejes a mi madre fuera!

—¡Pero si has sido tú quien la ha invocado!...

—¡La madre es mía y yo la meto en lo que quiera, que te quede bien claro!

—¡Claro!, y el huérfano que se joda...

—Si el huérfano no fuera por ahí perdiendo dedos suyos, nadie le reprocharía un carajo...

—¡Te digo que fue tu madre!

—¡Huérfano de puta! ¡Desdedado! ¡Meñique mocho! —y empezó a golpearme como sólo una mujer herida puede hacerlo, con la hachuela esa que ellas usan para trozar huesos de pollo, de puerco o de ternera.

Entonces levanté la mano izquierda para protegerme el rostro y de un único tajo mi otro meñique voló por los aires hasta aterrizar en el linóleo, acompañado de un breve chorro de hemoglobina a presión.

—¡Ajá! —exclamó al fin victoriosa...

Pachuca, 24 de marzo de 2014

La casa gana

Todo ocurrió en un honorable centro de diversión nocturna, donde una serie de doncellas de diversas nacionalidades y tallas se disputaban los amores y bolsillos de los caballeros ahí reunidos. En virtud de la honorabilidad del sitio, y de su virtud misma, el lugar era visitado por poetas oficiales, destacados intelectuales orgánicos, magistrados de la Suprema Corte y políticos tanto de la izquierda radical como de la derecha católica. El whisky y la cocaína corrían a raudales y en cada mesa se jugaba al póquer con altas cifras no declaradas ante el fisco. Al fondo, las pequeñas habitaciones con dama incluida estaban siempre ocupadas.

Junto con varios amigos tomamos una mesa, y como no juego me dediqué a servir las cartas y a moderar las inevitables disputas que se suscitan en todo centro de sano esparcimiento. Estábamos ahí un honorable diputado del Partido Conservador, quien ponderaba en sus discursos sobre la sacralidad del matrimonio y la bondad de las buenas costumbres; un militante del Frente Revolucionario, siempre presto a denunciar los vicios y perversiones del capitalismo; un poeta nacionalista que a la menor provocación recitaba versos de fascistas extranjeros; un ideólogo del proletariado, aristocrático y refinado como él solo; y yo, que por entonces me dedicaba a la compraventa de enervantes y a la organización del azar. Así, haciendo de banca, distribuía las barajas y la cocaína, ganando por partida doble, al tiempo que disfrutaba de la amena conversación de mis pares.

Durante semanas había estado discutiendo con la Dama —como llamábamos a la propietaria de la casa, una hermosa norteña de veintipocos años con gran visión empresarial aunque poca fuerza propia— con el fin de fusionar nuestros negocios y ampliar las ganancias, manejando también apuestas deportivas y, quizá, con la inclusión de un modesto laboratorio en el sótano, independizándonos de una vez por todas de los colombianos, actitud acorde con el nacionalismo en boga. Tanto los negocios de la casa como los míos eran boyantes y la fusión empresarial no haría sino disparar las ganancias de modo exponencial. Además, sugerí que deberíamos apoyar el sano ejercicio de la democracia y pedir autorización al Tribunal Electoral para instalar casillas en el recinto, de modo que en esos días aciagos y de ley seca en que los ingenuos se dedican a votar presidentes, gobernadores, alcaldes y otros seres inútiles, los clientes no tuvieran que abandonar la casa ni hacer largas filas, con la ventaja añadida de que podríamos cobrar al mejor postor por el manejo adecuado de las urnas, al menos en nuestra jurisdicción.

La Dama no decía ni sí ni no. Cuando hacíamos hipotéticas cuentas le brillaban los ojos, pero cada vez que una redada policial derribaba sus puertas, un ataque de pánico se apoderaba de ella. En esas situaciones, yo argüía que todo era cuestión de lubricar bien la maquinaria —no sé si me entiendes, cariño— y que con los nobles caballeros que visitaban la casa tendríamos apoyo suficiente para nuestra iniciativa.

—Imagine usted, Dama, que logramos convencer a todos estos políticos, jueces, guerrilleros, intelectuales y artistas, cada uno con cientos, o tal vez miles de conexiones y amistades en los más diversos estratos de la vida nacional, de que nuestra moderna iniciativa y justa expansión sólo redundaría a favor y en beneficio de la sociedad misma. Al fin y al cabo —le decía—, en tanto clientes regulares podemos hacerlos accionistas, como si se tratara de una cooperativa socialista con capital privado.

La Dama meneaba la cabeza y hacía cuentas, y luego me atiborraba con preguntas de tipo práctico.

—¿Y cuánto le pagamos a la policía?

—Lo que sea necesario, Dama: no hay pierde.

—Y las chicas, ¿se darán abasto?

—Traemos más si hace falta, de Rumania, de Nigeria, de Cuba, o de cualquier otro país de mierda de esos que hay por ahí. Y traemos también algunos chicos, pues bien sabemos que no pocos *habitués* los prefieren. En la segunda planta podemos construir más habitaciones, algunas temáticas, otras de lujo.

—¿Y cómo convencemos a los posibles accionistas? —preguntaba ella con generoso sentido comercial.

Fue entonces que se me ocurrió un plan con doble propósito: ocultar cámaras en las habitaciones, que nos servirían tanto para convencer a los honorables prohombres que las visitaban como para distribuir videos por internet, previo pago con tarjeta de crédito. La Dama no cabía en sí de gusto y me dio el visto bueno para comenzar la instalación y configuración del sistema de videovigilancia y la puesta en marcha de un pequeño servidor. Comenzamos, pues, a hacer negocios juntos.

Aquella noche, en nuestra mesa de juego, les comenté a mis amigos, sin entrar en muchos detalles, los nuevos planes de la casa, así como la posibilidad de que ellos, si contribuían a la causa, ganaran también un buen índice porcentual por, digamos, manejo de cuenta. Como es de suponer, mis amigos mostraron el más vivo interés en los nuevos procesos productivos y no dudaron en integrarse a la cooperativa en calidad de socios activos. El diputado conservador dijo que podría traer a varios senadores y aseguró que al presidente del partido le agradaban los senegaleses; el revolucionario contó, bajando mucho la voz, que su máximo líder se desvivía por las menores de edad, sobre todo si eran indígenas; el poeta dijo que todos los poetas eran unos pervertidos borrachos y drogadictos, pero eso no representó novedad alguna, y el ideólogo del proletariado aseguró que invitaría a sus amigos proletarios, todos ellos millonarios.

Luego nos dedicamos a elaborar una lista de prominentes a los que de una manera u otra podíamos acceder, e incluimos en la misma a gobernadores, jueces, periodistas, sindicalistas, banqueros, deportistas, policías, actores, productores y, en fin, a todo aquel que con su dinero, su función o su apellido pudiera contribuir al exitoso desarrollo de nuestra modesta empresa social. Comenzó entonces un proceso de justa extorsión, gracias a las cámaras en las habitaciones de nuestros invitados, que a la postre daría pie al impresionante crecimiento de la casa. Así, la inmunidad de los políticos que nos visitaban se extendió a nosotros, la Policía Judicial resguardaba nuestras instalaciones, el Banco Agrícola Industrial me otorgó el crédito necesario para la construcción de un modernísimo laboratorio de cocaína, heroína y metanfetamina, mientras la Guardia Rural vigilaba nuestras plantaciones de cannabis, amapola y coca, y una simple llamada telefónica bastaba para advertir a los directivos de los más ilustres equipos deportivos acerca de las tendencias en nuestras casas de apuestas, que ya se habían diseminado por todo el país tras la derogación, con la incansable labor de un grupo de senadores, diputados y magistrados afines, de la exclusividad estatal en el manejo de los juegos de azar.

Nuestro canal de pornografía en internet se volvió pronto el más visitado, no sólo por la belleza de las anfitrionas sino por el morbo de ver en vivo y en directo a los más ilustres hombres de nuestro tiempo. En pocos meses logramos aparecer en la televisión abierta en todo el continente y allende los océanos también. Dignatarios extranjeros y personalidades del mundo del espectáculo se daban cita en la casa, y nuestro distrito electoral se volvió pronto el más poblado y políticamente activo del país. Nos encargamos así de impulsar a nuestros propios funcionarios públicos.

Con el tiempo compré los principales canales de televisión, estaciones de radio y los diarios más importantes, y tras la instalación de nuevos estudios y unas magníficas rotativas de última generación, logramos controlar el llamado cuarto poder. El poeta nacionalista insistió en que absorbiéramos también las principales revistas literarias y culturales, adueñándonos así de la producción intelectual. Gracias a la mediación del revolucionario y del ideólogo del proletariado nos dedicamos a financiar a la subversión toda, que pronto comenzó a actuar a favor nuestro y siempre con nuestro beneplácito. Compramos industrias y ejidos por todo el país; desarrollamos cooperativas privadas y afianzamos el proceso de expansión político-empresarial en todas las regiones de la República.

La Dama no cabía en sí de bondad y dulzura, y su belleza se hizo legendaria en el país entero. Con su don de gentes logró comandar un interminable ejército de señoritas dispuestas a darlo todo en las lides del amor. No había hombre que no sucumbiera ante ellas ni esposa que no las odiara. Las hijas de los poderosos se unían a la armada de manera voluntaria, y las que no, eran extorsionadas con delicadeza hasta que se ponían el uniforme y ejercían el oficio como las buenas mercenarias que en el fondo son. Insaciables e intransigentes, no soltaban al enemigo antes de sacarle el último centavo o el último suspiro. Era una soldadesca invencible, siempre bien pagada y mejor cuidada.

Pronto nos apoderamos también de las Fuerzas Armadas, tras enviar a nuestras chicas a combatirlos y derrotarlos en sus propios campamentos. Los sindicatos hundían con sus huelgas a las pocas industrias y empresas que resistían nuestro avance y los maestros inculcaban a los niños el respeto a nuestros intereses. Las universidades, financiadas con mi dinero, me pertenecían *de facto* y por primera vez en décadas no hubo revueltas ni manifestaciones, pues antes de que protestaran les dábamos lo que querían, respetando, eso sí, la sacrosanta autonomía.

Entretanto, la Dama y yo estrechamos relaciones y formalizamos nuestra unión, y el evento fue de tal magnitud que hasta los tabloides británicos se encargaron de cubrirlo y dar todos los detalles con meses de antelación. A la boda, organizada como acto patriótico, acudieron decenas de miles de poderosos afiliados a nuestra organización y millones de proletarios atraídos por el banquete popular que les prodigamos. Durante años no se habló de otra cosa y el derroche de que hicimos gala sirvió para abatir las últimas reticencias a nuestra actuación y las suspicacias en torno a nuestra inconmensurable fortuna.

Tras la luna de miel, en un conocido paraíso fiscal, me lancé a la conquista de los yacimientos minerales, acuíferos y petroleros del país. Mientras yo implantaba mis métodos de producción en toda provincia, ayuntamiento y barrio, la Dama enviaba a su armada a apagar cualquier posible sublevación, fuera obrera, agraria o estudiantil, que pronto se extinguía entre los inexorables encantos de sus milicianas. Juntos construimos un emporio que hizo retroceder a los más arriesgados hombres de negocios, y las matronas del país entero se disputaban las comandancias locales del ejército de la Dama. Éramos, sí, una pareja invencible.

Entonces, una vez conquistado el árido mundo de los negocios, e inconforme con el mero poder económico, me proclamé Presidente de la República sin oposición alguna y con el honrado beneplácito de todos los partidos, sindicatos, organizaciones, ejércitos y, en general, con el apoyo de todas las fuerzas vivas de la sociedad. Jamás gobernante alguno fue tan respetado como lo soy yo, y aunque la reelección nunca ha sido bien vista en el país, no encontré problema alguno en legalizarla y ejercerla. Desde entonces, a la Dama la llaman Primera Dama, y ella, solidaria y caritativa como siempre ha sido, se dedica ahora a dar instrucción y empleo a todas las niñas pobres de la Nación.

Panamá, agosto de 2011

La llamada de Cristo

Cristo me llamó aquella noche. Dijo que tenía unas botellas de vino y un par de gramos de cocaína y que sería bueno que fuera a visitarlo para una última cena antes de despedirnos, quizá para siempre. Yo era vendedor de autopartes y viajaba de pueblo en pueblo en busca de talleres y distribuidores, tratando de colocar repuestos chinos para automóviles americanos, negocio que no prosperaba del todo. Nos habíamos conocido pocos días antes, en una oscura cantina llamada El Paraíso, propiedad de un negro de nombre Alá, quien cada día tenía setenta y dos nuevas vírgenes para solaz del respetable público. Me acodé en la barra, pedí un aguardiente barato y al poco, Cristo se sentó a mi lado.

—Hola —dijo, alargando una mano blanca y huesuda—: me llamo Cristo, ¿y vos?

—No, yo no me llamo Cristo —respondí de mal humor. Había pasado todo el día tratando de vender unos carburadores de la Shanghai International Motor Supplies, sin éxito alguno, y mis escasos ahorros se evaporaban junto con el aguardiente.

—Hermano, no te pongás así —dijo él de lo más simpático—. Mirá, te invito un trago —y convirtió el agua en aguardiente.

Dijo ser artista pintor, aunque parecía más bien un albañil desempleado, y luego me mostró un paquete de postales con reproducciones de su obra, la que intentaba vender a las gentes pudientes de la ciudad, también sin éxito. Hablamos mucho aquella tarde y, al despedirnos, como yo comentara que pronto dejaría la ciudad, dijo que me llamaría para cenar juntos, cosa que hizo aquel Viernes Santo.

Llegué temprano a su morada, a eso de las ocho, y nos acomodamos en la sala, que también era su estudio. En los muros colgaban sus cuadros, óleos abstractos con primeros planos de dibujos animados (el Ratón Miguelito con un revólver y una aureola iluminando sus orejas; Tribilín enojado, envuelto en un sudario), y el piso, con manchones de pintura, parecía un cuadro abstracto también.

Abrimos una botella de tinto y Cristo preparó una pipa de marihuana. Comenzó a quejarse del mercado del arte, en franca recesión en estos tiempos de crisis, y de lo mal que le iba con su galería actual, que sólo vendía pintura decorativa sin mayor valor conceptual. Yo seguía su discurso con interés y aunque nada sé de arte debo admitir que sus dibujos me gustaron. Nos servimos una segunda copa y rellenamos la pipa. Él necesitaba un vendedor («marchante», dijo) e intentaba convencerme para ocupar el puesto.

—Estoy seguro —dijo— de que tú podrías vender arte muy bien.

Yo no estaba tan convencido, en parte por mi ignorancia al respecto y en parte por la ya mencionada crisis económica, que limitaba los negocios de segunda y tercera necesidad. Estábamos en medio de ese regateo cuando sonó el timbre.

Cristo abrió la puerta y saludó a dos de sus acó-
litos (así me los presentó), una simpática chica de
nombre Magdalena y su novio, un gringo también
agradable, ex marine él, quien dijo ser Jew. Llevaban
meses predicando por el continente y acababan de
llegar a la ciudad, donde pernoctarían algunas noches. Ella preparó algo para picar: pan ácimo, queso
de cabra y pepinos frescos, y yo me dediqué a preparar unas líneas de cocaína para acompañar el vino.
Siguió la conversación por los rumbos del arte cuando el gringo, sin saber qué decir, comenzó a hablar
de tablas de surf. Luego hablamos de las últimas revueltas estudiantiles y de la represión desatada y él, el
gringo, habló de fusiles de asalto. Luego Cristo co-
mentó algo acerca de «los gringos» y el gringo se
ofendió y dijo que eso era como llamar *niggers* a los
negros o *wetbacks* a los espaldas mojadas, y nosso-
tros estuvimos de acuerdo.

Bebimos un par de botellas más —y otras líneas y
otras pipas— y luego me despedí, más por cansancio
que por aburrimiento. Caminé de regreso a la maloliente pensión que me resguardaba, a unos dos kilómetros de distancia, y antes de llegar me detuve en
el bar de la esquina a beber la última cerveza mientras
repasaba la conversación y la idea, quizá no del todo
descabellada, de dedicarme a la venta de arte. Pensaba
que de todas formas no me iba tan bien con el asunto
de las piezas chinas para automóviles americanos y
que ya era hora de probar otros rubros. Pensaba, también, que me aburría un tanto mi vida.

Al momento de entrar a la pensión sonó el teléfono.

—Hermano, soy Cristo. Mirá, que se armó tremenda bronca y no sabía a quién llamar y...

—¿Qué ocurre? —pregunté preocupado.

—El gringo, compadre, que se volvió loco y me entró a golpes, el maldito.

—¿Cómo? ¿Estás bien?

—Sí, pero me sacó de mi morada y estoy en la calle, hermano.

—Enseguida vuelvo —dije—. En veinte minutos estoy allá.

—No, esperá —dijo Cristo—: yo tengo auto, decime dónde estás y te paso a buscar.

Cinco minutos más tarde Cristo me recogió en la esquina y mientras decidíamos cómo sacar al gringo de su casa nos fuimos, a toda velocidad, a un gueto al otro lado de la ciudad, a comprar cuatro gramos de cocaína y a metérnoslos de golpe y sin elegancia alguna sobre el tablero del auto. Luego pasamos por mi pensión, donde recogí un cigüeñal que tenía de muestra, y volvimos raudos a su morada.

Tumbamos la puerta a patadas, y antes de que el gringo pudiera decir *Hello* comencé a golpearlo con el cigüeñal mientras le gritaba «*Jew* de mierda» y otras lindezas, y su novia, la Magdalena, le arañaba el rostro a Cristo y lo puteaba, hasta que éste se decidió a darle un buen bofetón y ella cayó desmayada. El gringo sangraba por todos lados y, ya en el piso, Cristo comenzó a torturarlo. Le enredó un buen trozo de alambre de púas alrededor de la cabeza, a la altura de la frente, y luego lo fustigó con un látigo que guardaba entre sus juguetes sexuales. Lo cierto es que ni Cristo ni yo estábamos dispuestos a soltar al gringo, así que lo sacamos a rastras de la casa, lo subimos al automóvil y nos lo llevamos a las afueras de la ciudad, cerca de las esclusas, y como no se nos ocurrió nada mejor buscamos dos buenos tablones y lo crucificamos por traidor.

Durante tres días estuvimos de guardia ante el gringo crucificado, esperando en vano su resurrección.

Panamá, agosto de 2011

La veintidós

No desperté de buen humor. La cita de anoche resultó un poco más sosa que otras y hacia el final de la cena ya había perdido todo interés en ella.

—Y fue entonces cuando decidí teñirme el cabello —dijo la falsa pelirroja al juguetear con sus falsos rizos.

Bebimos la última copa y partimos rumbo a su casa, mientras ella contaba, no sin desgano, cuán aburrido era su trabajo en algún ministerio ignoto. Mi empleo no era más excitante; ocho horas diarias en una sucursal bancaria, contando dinero ajeno tras una ventanilla blindada. Mis compañeros de trabajo eran tan insulsos como yo, y mis compañeras, tan simples como ella, la que ahora parlotea junto a mí en el auto.

—Y mi última aventura fue con el gerente. Nos quedábamos en su oficina cuando los demás se habían ido, hasta que su esposa llamaba para preguntar a qué hora volvía a casa.

Detuve la máquina frente a un edificio gris, en la Avenida Central. La besé con desgano, acariciando sus flácidas tetas mientras ella meneaba mi entrepierna, también flácida. Era casi medianoche cuando dije que no podía quedarme: «Debo trabajar mañana», mentí.

—Pero si mañana es sábado —replicó ella sin convicción.

Me despedí con un «te llamo en estos días» y conduje hasta casa, al otro lado de la ciudad. Me bebí un ron con hielo, despatarrado a oscuras en el sofá, con el solo resplandor de la luna en el centro del tragaluz y el eco del tren eléctrico zumbando en la distancia. Pensaba en los muchos años estancado en un trabajo de mierda, sin otro futuro que una magra pensión ni más premio que el desengaño. Sonreí con cierto hartazgo.

Me despertó el periódico al golpear la puerta del balcón, y aun tratándose del típico ritual sabatino, lo tomé como una afrenta. Busqué refugio en la cocina, freí unos huevos, tosté pan, me serví una cerveza y hojeé el diario por costumbre, sin prestar demasiada atención a las palabras. El artículo principal hablaba de un supuesto desfalco en el Banco Nacional.

Abrí otra cerveza, puse un disco de música tropical y me dediqué a leer la sección de deportes pretendiendo no darle importancia al asunto del banco. Salté a las páginas de sucesos, llenas de muertos y heridos, y me asaltaron los recuerdos de la violencia desatada hace dos veranos, cuando los pandilleros de los barrios colindantes convirtieron el nuestro en un campo de batalla. En las noches los disparos se sucedían con voz propia: unos graves, otros agudos, algunos rápidos y secos y unos más, hondos y calmos. Nadie se atrevía a salir después de la puesta del sol y aun durante el día el andar era presuroso y los saludos distantes. Sin darnos cuenta empezamos a organizarnos, a hacer guardias nocturnas, y aunque nadie lo decía en voz alta, estábamos seguros de que nos iban a aplastar sin más.

Algunos vecinos habían cursado el servicio militar en tiempos del conflicto guerrillero y algo sabían del tema, otros confesaron tener una pistola en casa, y dadas las circunstancias nadie encontró motivo para escandalizarse. Recordé que uno de los guardias del banco había hablado un día de cierto sobrino suyo dedicado al negocio de las armas usadas y sin registro. Decidí pedirle ayuda.

—Con tu presupuesto y tu inexperiencia te recomiendo una veintidós: no quisiera que te volaras un pie —hizo una pausa para mirar en torno nuestro y agregó—: Yo arreglo todo con mi sobrino pero la transacción la tienes que hacer tú. No puedo involucrarme en un asunto como éste. El uniforme me lo impide.

A los dos días me dio la dirección de un bar en el centro.

—Ve esta noche a las diez, mi sobrino te va a esperar con el encargo. No puedes equivocarte: es un negro de casi dos metros y lleva un gorro frigio en la cabeza. Sólo di que vas de mi parte.

Había imaginado un bar oscuro y silencioso, lleno de individuos de torva mirada y sospechoso andar; pero me sorprendió el colorido, el estruendo y la animación propios de los sitios de moda. Al final del salón se hallaba, inconfundible, el negro del gorro frigio.

Me miró de arriba abajo con perplejidad y rio:

—Esperaba otra cosa —gritó por encima de los ritmos electrónicos.

—Yo también —dije sonriendo. Luego comenté que su tío no había podido acompañarme y él aseguró que era mejor así:

—No me gustan los azules, aunque sean parientes.

Al cabo de una hora abrí el paquete en casa. Una pistola negra, de cañón largo y perfil agudo, se apareó con mi mano. Recordaba al arma de un espía cinematográfico.

Aún estaba casado cuando compré la veintidós. Mi esposa frunció los labios al verla y preguntó si no era más sencillo mudarnos. Le recordé que nuestros ahorros eran tan exiguos como nuestros ingresos y ella murmuró algo acerca de malgastarlos en armas de fuego. La discusión se habría extendido hasta el amanecer de no haber estallado una balacera a pocas calles de la nuestra. Me miró aterrada, le dije que apagara las luces y salí a estrenar el arma, indeciso y jubiloso.

Las semanas se sucedieron y nos fuimos acostumbrando a esa especie de guerra irregular; a disparar, a escondernos, a contraatacar. Aprendí a dominar la veintidós, arma de escasa potencia, no muy ruidosa, con poco retroceso. Cuanto más cómodo me sentía con ella, más incómoda se hallaba mi esposa en mi presencia. En más de una ocasión la sorprendí mirándome con recelo. Luego murmuraba que yo ya no era el mismo y se alejaba presurosa. Cada día se alejaba más. Adquirí la costumbre de beber todas las noches, primero antes de salir de ronda y luego también al volver. Cosechábamos nuestros primeros muertos.

Una madrugada, en una de aquellas interminables guardias se escuchó un escándalo frente a la tienda del chino. Se enfrentaban ambas pandillas y nos acercamos con cautela, en semicírculo, como nos había enseñado un ex sargento de la policía, también vecino. Aunque ellos estaban mejor armados y eran en todo más hábiles, el factor sorpresa y el conocimiento del terreno nos favorecían, así como el instinto de supervivencia, de defender a nuestras mujeres y a nuestras crías. Conocíamos el barrio, atravesábamos callejones y pasadizos con inusitada velocidad y dominábamos cada posible escondrijo. En tanto vecinos gozábamos de acceso a balcones y azoteas y pronto algunos de los nuestros llegaron a actuar como francotiradores, aunque no tan efectivos como quisiéramos. Si no fuera tan apremiante, la situación movería a risa: un grupo de tenderos y oficinistas de mediana edad, algunos más gordos que otros, defendiendo un vecindario de clase media sin más valor que la calma que hasta entonces había reinado.

Aquella madrugada, tras rodearlos frente a la tienda, nos comportamos como pandilleros también. Atacamos sin cuartel desde todos los ángulos. Parapetado tras un muro de concreto, disparaba una y otra vez con la seguridad que sólo la práctica otorga y el placer de haber llegado a dominar la violencia. Tras quince o veinte minutos el fuego menguó, al otro lado de la calle se veían varios cuerpos tendidos y nadie sabía quién había matado a quién. Cuando por fin acabaron los tiros revisamos los cadáveres. Entonces vi al del gorro frigio entre los muertos: no supe qué pensar.

Ése fue el fin de la guerra que durante un verano torturó al vecindario. Mi matrimonio acabó también. Al cabo de un mes mi esposa llamó para anunciar que iniciaría los trámites del divorcio. Esperaba que no pusiera trabas. Cuando nos vimos ante el juez nos saludamos sin rencor. Ella afirmó que me veía bien.

—Hace un mes que no bebo —dije, aunque sabía que ya no tenía sentido mentir. Luego comenté que en mi opinión seguía siendo la mujer más bella del universo y ella se sonrojó. Al despedirnos me lanzó un beso a la distancia. Su sonrisa no hizo mella en mí.

Volvimos a encontrarnos seis meses más tarde, en un bar del centro. Yo entraba con una fulana que mascaba chicle y apenas superaba la edad legal, ella salía con un caballero por demás elegante, algo mayor que yo, y parecían felices. Intercambiamos saludos como si fuéramos viejos amigos y nos presentamos a nuestras respectivas parejas. En la calle los esperaba un deportivo plateado y a través de la ventanilla me lanzó esa mirada de condescendencia que tanto había llegado a irritarme durante nuestra relación. La fulana que mascaba chicle preguntó quién era ella y respondí que cerrara el pico.

Un día llamó para anunciar que se había comprometido con el caballero en cuestión, y preguntó si aún veía a la muchachita aquella. Me limité a bromear sobre el peso de los diminutivos en labios de una fémina y le deseé lo mejor con su nuevo esposo. Quizá sugerí que a juzgar por su porte y aspecto ya no sufriría las carencias que había vivido conmigo. Me dejó hablando solo, con la copa en una mano y el teléfono en la otra.

Mi humor se ennegrecía y llamó el supervisor para advertir que la situación era muy grave. «El lunes van a rodar cabezas», amenazó con esa voz de mafioso de película de los cuarenta. Comenté que el mundo era un sitio injusto, que los despedidos serían tipos sin rango ni peso como yo y que a los verdaderos responsables del desfalco los trasladarían a otras sucursales o a otros puestos sin más castigo que un reajuste salarial. El jefe quiso ignorar cualquier posible insinuación mía y se contentó con recordarme mi condición de subordinado. Eso me puso de peor humor.

Abrí otra cerveza y sintonicé el fútbol. La selección perdía por tres tantos y de alguna manera me reconfortó. Aplaudí la decisión arbitral de decretar un penalti en contra nuestra y celebré como poseso el cuarto gol del contrario. Quise llamar a algún amigo para hablar del partido, de la crisis o del clima y recordé que en realidad hacía mucho tiempo que no hablaba con amigo alguno. Quizá ella tuviera razón. Ya no soy el mismo.

Cuando sonó el teléfono pensé que era otra vez el supervisor pero una triste sonrisa me atravesó el rostro al oír su voz. Respondí fingiendo una alegría que en realidad no me daba la gana de sentir.

—¿Cómo te lleva la vida? —preguntó ella, fingiendo también.

—Mejor que ayer y peor que mañana —aseguré sin convicción desde la cocina, donde trataba de preparar algo de comer.

—Leí las noticias sobre el banco y me pregunté si algo de eso te podría afectar de algún modo o...

—No, nuestra sucursal está limpia —mentí— y de todas formas los empleados como yo ni siquiera tenemos oportunidad de embolsarnos un par de pesos.

—Eso supuse, pero no pude evitar llamar.

—Tranquila, estaré bien.

La cocina era un desastre. Encontré una caja de comida prefabricada y logré meterla en el microondas.

—¿Cómo te va con el caballero rico?

Carraspeó antes de responder:

—Justo de eso quería hablarte...

—¿Algún problema?

—No, no, es que... llevo meses pensando cómo decírtelo...

—¿Y...?

—Estoy embarazada —anunció.

Durante mil segundos permanecí en silencio, sin saber qué responder. Logré imitar un tono feliz:

—¡Qué maravilla! Por fin lo lograste...

—Gracias, no sabía cómo reaccionarías.

—Es lo que siempre quisiste, ¿no?

—¡Sí!

Y ese sí se me clavó en los riñones.

—Me alegra contar contigo —dijo, como si yo hubiese afirmado que podía hacerlo.

—¡Claro que puedes contar conmigo! —respondí ofendido.

—Y tú, ¿estás bien?, ¿alguna novia?

—Bueno, ya sabes, nada serio.

—Te conozco —dijo ella...

—Y, ¿cuántos meses tienes?

—Seis.

—Me alegra que hayas avisado... antes del parto.

Me senté ante mi último plato de comida sintética y di un largo trago a la última lata de cerveza. En el televisor, en todos los canales, las noticias del escándalo bancario y el desvío de fondos. En la mesa, junto a mi mano derecha, la veintidós cargada y lista. En el piso, la maleta llena de billetes nuevos, recién emitidos por el Banco Nacional.

Panamá, agosto de 2011
Revisado en septiembre de 2012

Los frikis

Aquella noche llovía escandalosamente, como si mil baterías fueran aporreadas al mismo tiempo con una métrica inusual. Parecía la segunda parte del diluvio universal, sólo que de haber un arca, medio país se iría en ella. El pequeño apartamento del Picasso parecía un zoológico o un circo itinerante: ahí estaban el Conejo, el Toro, el Perro, el Dragón, el Mono, la Araña, la Hiena, el Camello y la Cobra. También estaban el Esperpento, Lasingatropas, el Loco, el Pincho, el Fuerte, la Monja, el Mojón, el Cojo y la Tuerta. Había estrellas invitadas en aquella fiesta; asistieron el Miclláguer, el Lenon, el Santana, el Aironmeiden, el Yonirroten y el Yes, que era medio pato, dicen. También había productos del agro: la Toronja, el Plátano, la Yuca, el Boniato, la Papa y el Naranja, así como electrodomésticos y artículos del hogar en general —el Frigidaire, la Batidora, la Litera, el Bombillo, la Cafetera y el Tresenuno—.

Una media docena de botellas de bocoy cubre la mesa de la sala. Un par de bafles hacen su mejor esfuerzo para tapar con música el ruido del aguacero, y unos cuantos frikis mueven las cabezas al compás de la canción en turno. El Picasso deambula de grupito en grupito en calidad de anfitrión, haciendo comentarios aquí y allá sobre el último disco de Crieitor o en pos de la reivindicación de un clásico como el Umauma de Pínfloi. La madre del Picasso no está en casa esta noche (no va a estar el fin de semana porque fue a una reunión comepinga de las comepingas feministas esas de la Efeemecé, explica Picasso sin respirar), por lo que la fiesta transcurre en todo el apartamento, menos en el cuarto de ella que está trancao con llave. Picasso se encierra en el baño a mear y aprovecha para meterse un paco y bajarlo con agua de la pila. Después va a su cuarto, con las paredes forradas de fotocopias ampliadas de portadas de discos y dibujos de mostros hechos por él mismo, pero al entrar a la habitación ve que el Moco se está fuqueando a la Gallega ahí mismo, en su cama, y se reempinga:

—¡Pero, qué pinga!

—Espera, espera un momentico, asere, que ya me voy a venir.

—¡Qué venir ni qué pinga, esteniño! Yo no he terminao y ni tú ni tu pichita salen de aquí hasta que yo acabe, paquelosepa —grita la Gallega cogiéndolo por los pelos—. Y tú, Picasso, sale pa fuera mijo que así no se pue continual.

Picasso cierra la puerta sin decir nada porque después de ver las tetazas de la Gallega en vivo y a todo color, se le olvidó por qué estaba empingao: Ño, pero qué buena está la Gallega, repinga. Y pensar que el comepinga ese es el que se la está comiendo, consorte, la verdá que dios le da barba al que no tiene rostro... Cojones, si ese tipo no puede ni fuqueársela como dios manda, cagoendiós, va pensando Picasso con los ojos algo desorbitados. El del baño fue el segundo parkisonil de la noche y ya comienza a sentirse volao. Para no perder la costumbre, bebe el aguardiente más malo de toda Cuba haciendo leves gestos de asco.

—Ño, esto sí que sabe a meado de gato, asere...

—No sé —responde el Micrófono—, la última vez que tomé meado de gato le encontré un gusto más dulzón, si mal no recuerdo.

Picasso lo mira con simpatía: siempre le ha caído bien el Micrófono, con esa forma de burlarse de todo con la mayor seriedad. En ese momento el Piraña se acerca al grupo para preguntar si se han enterado de lo que todo el mundo ya sabe: que se va a abrir un local para cóncers de rock, asere.

—Ño, mortal —interviene un friki-palo de no más de trece años.

En el argot de esa sociedad casi masónica, friki-palo denota el escalón más bajo de la misma (algo así como aprendiz en cualquier profesión decente). Y es que en una secta que privilegia los conocimientos enciclopédicos, los que aún no se han aprendido de memoria la discografía completa de Lesépelin, con fechas y canciones incluidas; los que no son capaces de diferenciar la voz de Ozi de la de Dio en los discos de Blacsaba; los que aún no se saben las letras de Metálica; ésos, decía, son los ignorantes, los incultos, los no iniciados..., los friki-palo.

El friki-palo pregunta si les cuadra el nuevo disco de Esléyer: el Sáudofjeven, dice. Picasso y el Micrófono se miran, acaso sorprendidos por que el frikito está a la última, y comienzan una fervorosa batalla dialéctico-ideológica:

—Ño, ese disco lleva el trach un paso más allá —comienza Picasso—. Desde la batería de Déilom-

213

bardo (ese doble bombo, asere, y las atmósferas que crea con los toms) hasta los maniacos *riffs* de las violas (y ambos tararean aquí el riff principal: Tara-tata-taaa-tata-taratatataa) nos dicen que el métal no está estancao. Tremendo elepé paquelosepa; mortal de verdá...

—Sí —duda el Micrófono—, pero también perdieron metralla en el Sáudofjeven. Con Reininbló lograron un espí-métal perfecto, metralla pura, y ahora, en lugar de ir más palante se atrasan. A mí, la verdá, me cuadra más el espí, la adrenalina, la corredera...

—Bueno, sí pero ahora la música es más rica, hay más melodía.

—Pero menos violencia. Además, lo dices como si en la velocidad no hubiera riqueza. El espí es el espí, asere.

—Ya, pero no todo en esta vida es espí, men, con tanto espí se olvida el tracheo, y eso también es importante.

—Sí, pero el espí ya no es trach; eso ya es otra cosa.

—Pero es lo mismo, consorte, el espí es trach más rápido, y lo que hicieron los Esléyer con este álbum fue demostrarlo: son la misma cosa, uno rápido otro lento, y si los pones juntos vas rápido y lento a la vez. Es trach y espí juntos, son la misma cosa.

—No estoy de acuerdo, el disco anterior era espí-métal, incluso en las marchas, en el chacachaca, pero este disco sólo es trach, y como es trach y no espí, los Esléyer ya no son los amos del espí-métal, ésa es la verdá, asere, admítelo. Así como uno acepta que la tierra es redonda, que el Fifo es inmortal y que el comunismo es una ilusión óptica, así uno tiene que aceptar también que el trach es trach y el espí espí y que no son la misma cosa, no me jodas... —sentencia el Micrófono bastante excitado.

El Piraña, viendo que su tema de conversación se ha perdido, intenta retomarlo:

—Sí; allá por La Timba lo van a abrir.

—¿En La Timba? ¡Foc yu! Pero eso es territorio de negro bruto... —Picasso mira de reojo al Boniato, que se ha acercado al grupo y es negro, y le dice—: No te ofendas, asere, que la cosa no va contigo. Tú sí te comportas como los blancos, pero, coño, ¡en la Timba! Nos van a matar los prietos esos.

—Pero eso no es lo peor —interviene Micllágüer con un vaso de alcohol en la zurda y una jeba en la diestra—. El próblem es que está muy cerca de Zapataicé, y vamos a tener a todos los guardias del Vedado a un pasito de nosotros.

—¡Candela! —exclamó alguien—. La cosa se va a poner en candela, paquelosepan.

—¿Cuándo abre ese lugar? —pregunta el frikipalo entusiasmado, con los ojos abiertos y el cerebro embotado de tanto aguardiente de mierda.

—El próximo viernes —le responden—. Va a tocar Zeus.

***

Apenas logra contener la emoción durante toda la semana. La escuela lo agobia (y sabe además que es el bicho raro de la misma), la familia lo tiene harto (su puro, tan comunista e imperfecto como es) y en el cedeerre ven con disgusto su nueva estampa —¡se viste como un antisocial!, exclama la presidenta de la cuadra ante los avergonzados padres—. De cualquier forma no lo joden demasiado porque en la escuela va bien (saca buenas notas y nadie puede afirmar que sea un barco completo) aunque es cierto que en los últimos meses ha dejado ver serias conductas antisociales: diversionismo ideológico —el gusto por la música y las modas culturales del imperialismo es el signo más claro de tal desviación—; falta de respeto hacia la autoridad —se burla de los profesores, de los padres, y el otro día utilizó en público un epíteto incorrecto para referirse al proceso revolucionario— pero sobre todo, ahora tiene amistades muy poco recomendables: lumpens, lo más bajo del subproletariado en esta revolución proletaria.

El friki-palo se llama Celedonio, pero sabe que ése es un nombre demasiado guajiro y le da pena utilizarlo en este ambiente tan «sofisticado». Así, cuando se encierra en su cuarto y pone a Aironmeiden a todo volumen y agarra la escoba e imita ante el espejo los movimientos de Estifjarris, piensa en apodos para sí. Como le gusta Lófcraf ha pensado en ponerse Ktulu pero intuye que pronto se lo cambiarán por Culo, y eso lo desanima un poco. Piensa que en aras de su naciente malignidad —y está seguro que ser friki es esencialmente ser malo— debe buscarse un apodo que la resalte, por lo que ha llegado ya a la conclusión de que se llamará Thanatos (previa lectura de un diccionario mitológico al que ha acudido en busca de inspiración).

—¡¿Thanatos?! Compadre, pero ¿de dónde sacaste el nombrete ese, asere? Suena de lo más comepinga, la verdá...

—Es griego —responde Celedonio.

—¿Griego? Consorte, pero tú no te has dado cuenta que esto es Cuba. Los griegos inventaron la democracia y nosotros lo único que tenemos es al barbú de pinga ese. ¡Qué griego ni qué pinga, asere!

El que habla así es el Político, un friki viejo de unos dieciocho años que ha sido expulsado de todos los pres de La Habana por incitar a pequeñas revueltas a las que pomposamente nombra Revoluciones; la más famosa de todas, la Huelga de los pelos largos, en el Saúl Delgado. Ocurrió cuando la dirección del Saúl decidió dar un ultimátum (amenazándolos con la expulsión) a todos los alumnos que tenían los cabellos un poco más largos de lo viril y revolucionariamente autorizado y los alumnos, para desconcierto de las autoridades, iniciaron una huelga en el parque frente a la escuela, que culminó con una trasquilación colectiva de la que todos salieron con sendos boquetes en la cabellera, y que los hacía lucir aún más estrambóticos de lo que ya eran. Los alumnos exigían el derecho a tener el pelo largo, y argumentaban que la revolución la hicieron unos peludos que no se bañaban (alguien llegó a afirmar que el Che era friki), y que en última instancia, el pelo no era impedimento alguno para el aprendizaje. Finalmente, el único expulsado fue el Político, por alborotar al gallinero.

—Además, tú ya tienes sobrenombre, compadre, pero estás tan clavado con encontrarte uno que ni te has dado cuenta —continúa el Político discurseando.

Celedonio se asombra de verdad porque ni siquiera imagina que ya le hagan caso, que ya hablen de él. El Político adivina y lo suelta de sopetón:

—Te dicen Amonio —y como el chico desorbitara los ojos, agrega—: En realidad es culpa tuya. Si no te avergonzaras tanto de tu nombre no te dirían así, pero cada vez que te presentas dices: Hola, yo soy Ñññññññ-onio... Dadas las circunstancias, podría haberte ido peor. Y ahora, hazte un favor, no vayas por ahí repitiendo la tontería esa de Thanatos, el griego. Permíteme recordarte que todos los griegos esos jugaban en el equipo contrario, no sé si me explico.

Celedonio está entre contento y decepcionado: Demonio le habría parecido más agresivo, más jevi, en cambio eso de Amonio le suena a limpieza de cañerías o algo por el estilo.

—Si no me llamara Celedonio...

—Oye, mira, muchacho —le dice el Político—: Métete una cosa en la cabeza. Los padres son esencialmente una mierda. Son la clase social destinada a reprimirnos... Es la lucha de clases, hermano, la lucha de clases de la que habló Carlomars. Y como nuestros padres son la clase social que nos oprime, por eso y para vergüenza y escarnio público nos ponen estos nombres. ¿No te das cuenta que mientras tu mamá va atrás de ti gritándote Cuidado Gumercindito, no te vayas a caer, uno no puede desarrollar la autoestima, el respeto por uno mismo?

—¿Tú te llamas Gumercindo? —pregunta Celedonio asombrado.

—Chico, pero mira que tú eres subjetivo, cojones. Lo importante aquí es que el nombre es un mecanismo de represión, por eso cambiarse el nombre es ante todo un acto revolucionario y altamente subversivo.

—Sí, bueno, pero yo no quiero llamarme Amonio... —responde Celedonio ya sin asombrarse de las trovas seudocomunistoides del Político.

Hay gente por ahí que afirma que es un seguroso infiltrado, otros dicen que es de la Ujotacé y no falta quien cuenta que en verdá es hijo de un disidente y que se quedó pirado desde que vio la cantidá de palos que los guardias le dieron a su papá, hace ya unos cuantos años.

—Mi chama, nadie dice que tienes que llamarte Amonio pero por tu madre, no vayas por ahí diciendo: Yo soy el Thanatos, porque teanatostar tó, paquelosepa. Búscate un nombre decente, Demonio, si te da la gana, pero te advierto que tienes que convencer a los demás para que te llamen así. Esto no es fácil, muchacho; ahí están los hermanitos Castro, que uno quería llamarse el Muerto y el otro Comecandela Yúnior, pero ná, qué va, sus puros tuvieron la ocurrencia de ponerles Fidel y Raúl, como a aquéllos, y ahora por más que quieran llamarse de otra forma, todos les dicen el Caballo y la Yegua, porque Raulito salió medio ganso además... Dime tú, consorte, a quién se le ocurre ponerles a sus hijos Fidel y Raúl, tú dirás si eso no es una mariconá, ganas de los padres de amargarle la existencia a uno, compadre... No hay derecho, te digo que no hay derecho. Por eso no debemos retroceder en la lucha, compañero...

**

Tarzán corría como loco atrás de la guagua ochentidós. La exasperante jungla urbana lo rodeaba y ningún semáforo salvador acudía en su ayuda. Aún faltaban doscientos metros para la siguiente parada y Tarzán ya no daba pa más. Las piernas le latían con fuerza y la garganta se le cerraba metro tras metro. Una bocanada de aire caliente mezclada con humo de gasolina acabó por reventarlo: perdió el control de las extremidades inferiores, chocó contra un poste de luz y rebotó, cayendo en un riachuelo de aguas negras, ahí mismo, en la cuneta de la avenida. La acera rebosante de gente se convirtió en un carnaval de risas burlescas, dedos señalándolo y frases escasamente halagüeñas, pero la apoteosis se consumó cuando un lada 1600 lo salpicó de aguamierda al pasar.

Tarzán estaba empingao. Tarzán gritar:

—¡A-aaaa-aaaa-aaaaaaaaaaaaa-a! ¡Repinga! ¡¿Pero qué cojones son esas risitas de mierda?! —y miró a todos con fiereza y los que estaban más cerca dieron un brinquito patrás, asustados: ¡Pero ese tipo está loco!, fue el murmullo general, con carcajadas aisladas como música de fondo.

Tarzán se acomodó la melena con dignidad, se puso de pie con los ojos entornados y cogió del suelo su churriosa mochila de camuflaje sin dejar de gruñir amenazante. De pronto la gente comenzó a circular, en parte por miedo al loco ese, en parte porque aquello ya no tenía gracia y en parte por la intempestiva llegada de una perseguidora con tres guardias a bordo. Uno de los policías descendió del vehículo aún en marcha y con voz grave y profunda, preguntó:

—¿Alguien me puede explicar qué está pasando aquí?

—Ná, compañero... —comenzó Tarzán sacudiéndose los pantalones—. Es que me caí corriendo atrá e la guagua y ninguno de los comepinga estos me ayudó ni ná y...

El policía lo interrumpió con una carcajada:

—Chico, ¿tú estás empastillado, o qué?

—Ná, ná, qué empastillao de qué... Ya le dije, guardia, me caí namás.

—Carné-e-identidá —exigió el policía cambiando el tono, fingiéndose ajeno al ridículo de su detenido, y acentuándolo hijeputescamente.

Tarzán se revolvió inquieto pero él no protestar, saber bien que guardia no tener paciencia y que mejor sacar carné y no decir más ná.

—Bueno, dale. Vete a cambiar, anda, que jiedes a cloaca —le dijo el policía después de revisar concienzudamente las trentipico de páginas del ya mencionado carné, y de esperar diez minuticos a que la radioperadora le confirmara la ausencia de antecedentes penales. La perseguidora arrancó y se perdió por la avenida y Tarzán, adolorido, echó a andar rumbo al malecón. Sí que olía a mierda, pero sobre todo a humillación. Le ardían las mejillas y estaba seguro que en sus quince años de vida nunca se habían reído de él con tanto descaro. Ño, en este país ni la policía respeta, cabaiero, pensó con indignación.

—¡Aya peste a mierda! —le gritaron unos fiñes escondidos en un portal.

—¡Áyanse a singar a otro lao! ¡Maricones! —aulló Tarzán a punto de explotar. Entonces, del capó humeante de una cafetera con forma de chevrolé, emergió un moreno inmenso que se dijo papá de uno de los fiñes, y cogiendo a Tarzán pol cuello, le increpó:

—¡A mi hijo namá le grito yo! ¿Entendiste, tú? ¡Comepinga!

Y Tarzán intentaba asentir pero los gruesos dedos que sometían su garganta se lo impedían. Quiso decir sí y no pudo, al borde (como estaba) de la asfixia. El negrón lo zarandeó unas cuantas veces más, y después de escupir insultos varios en el amoratado rostro de Tarzán, lo soltó, no sin antes advertirle:

—Y si te vuelvo a ver por aquí, te descojono tó, paquelosepa.

Tarzán se alejó tambaleante, indeciso entre reír o llorar, gritar o quedarse calladito y llegar a casa lo más pronto posible. Optó por esto último, y lo hizo por razones sanitarias, no por miedo al negrón, claro. Ná qué va, si el miedo es pa los cobardes, sentenció Tarzán con su habitual filosofía selvática. La Selva, por cierto, es el nombre con que en el barrio es conocido el solar donde Tarzán vive, un «multifamiliar» que alberga a unas doscientas personas en trentisiete cuartos (5,45 personas por habitación, según las estadísticas oficiales), y cuyo índice delictivo rebasa por sí solo al de La Habana entera.

Faltan unas cuantas cuadras para que Tarzán se sienta a salvo en el barrio. Camina mientras tanto haciéndose chiquitico, eclipsándose a sí mismo en pleno atardecer tropical; mas es fútil todo intento pues el lacerante olor a excremento y sudor que expele delata su apestosa presencia.

—Ñooo, ¿te fajaste con un culero, o qué bolá contigo, consolte? —le preguntó un individuo avejentado que yacía en la acera macerado en ron—. ¡Fó! ¡Qué peste! —redondeó el viejo sobreactuando.

Tarzán compungió la jeta y, poniendo voz de circunstancias, expresó:

—A la verdá es culpa de tu mujer, que la muy so puerca no se lava el culo desde el año del caldo, paquelosepa, abuelo.

El borracho intentó discutir pero se le lenguó la traba, se le pusieron los ojos en blanco y tó paticruzao se alejó de ahí. Tarzán saboreó su victoria y con la frente en alto reanudó su desgarbado andar, pírrica sonrisa en los labios. Le duró poco el gusto porque treinta metros más alante se topó con una caterva de jebitas de décimo grado que reían y gozaban de lo lindo emitiendo agudos chillidos incomprensibles para él, y que al verlo, exclamaron al unísono:

—Oye chico, ¿y a ti qué mierda te pasa, muchacho? —y rieron con una violencia que Tarzán no conocía; y rojo de furia y vergüenza, respondió:

—Lo único que a mí me pasa son sus bollitos por la cabeza de mi pingón. ¡Aya!

Y todas rieron puticas mientras una gritó:

—¡Qué pingón ni qué pinga, chico! ¡Tu pichita!

Y todas corearon:

—¡Aya pichicorta! ¡Pesteamierda! —y rieron con tal insolencia que Tarzán, acomplejado, corrió cuesta abajo como perseguido por sus demonios. Ño, asere, se dijo mientras corría: ni las jebas me respetan. ¡Esto

223

es el colmo, cabaiero! En este país nadie respeta ná, repinga.

Y cuando por fin llegó a la siguiente esquina dobló a la derecha, se volvió a acomodar la mata y caminó despacio, casi con donaire. Avanzaba dando rítmicos salticos para que la mata se le moviera a cada paso, mirando de reojo el mundo, escupiendo de cuando en cuando. Pretendía ignorar la tremenda pestaza que lo envolvía desenvolviéndose con soltura en medio de La Selva, como si fuera de lo más natural que él, Tarzán, oliera a mierda.

***

El Picasso se pone las medias y después las entalca para que el estrecho pantalón resbale hacia arriba. Antes se cosía las patas del pitusa después de ponérselo, y una vez cosido, se quedaba con el pantalón puesto toda la semana y sólo se lo bajaba para lavarse los cojones y el culo de vez en cuando; hábito cambiado drásticamente durante su único encuentro casi sexual, cuando la jebita le aseguró que era un so puerco y que si no se quitaba los pantalones del todo no iba a fuquear con él: ¡Y que te la mame tu abuela!, agregó de paso. Así las cosas, sigue sin jeba aunque se baña más a menudo, se lava el armatoste lo mejor que puede y no usa los mismos calzoncillos más de tres días seguidos. Justamente hoy le ha tocado cambiárselos, así que va a ir limpiecito al cóncer, y todo con la esperanza de conseguir compañía. Se revisa la indumentaria frente al espejo una vez más. Se asegura de que su pulso de cobre se vea bien y que la mata de pelos pajizos cubra lo más posible su rostro desfigurado y cubista: ciertamente no le dicen Picasso por pintor...

Picasso se pone el tísher de Megaded, coge una guagua que lo acerque a la Plaza y luego camina algo más de un kilómetro para llegar al Patioemaría, como dicen que se llama el lugar de pinga ese. En el camino se topa con Negativo, el negro más pobre de toa Labana. Vive con una abuela medio monga y su mamá está en cana por ejercer la putería (mi pura siempre preservando las más antiguas tradiciones de la humanidá..., asegura Negativo cada vez que le preguntan por ella). Desde muy chama Negativo tuvo serios desequilibrios sicológicos y morales (es un desafecto, vaya) y por eso tiene que ir al hospital de día donde lo mantienen convenientemente dopado para que no alborote demasiado. Con todo y eso, Negativo es un tipo lúcido.

—¿Qué bolá contigo, asere? —pregunta Picasso feliz de verlo.

—Ná, compadre, lo de siempre, adaptando la miseria a las nuevas circunstancias históricas. Como dice el comandante, las carencias nos hacen mejores.

—Claro, como el singao sí come bien.

—Hmmm, y yo no veo por qué comerme un buen bisté me haga menos digno, repinga, si yo lo que tengo es haaambreeeee...

—Shh, bróder, asere, que nos va a caer la fiana, repinga. Habla bajito...

—A ver, ustedes dos ciudadanos... —gritó una voz desde las sombras.

—Ño, Político, asere, vete a hacerle bromitas al bollo de tu madre, cojones —exclama Picasso bastante encabronado.

El Político ríe con fuerza y agrega:

—De todas formas en el cóncer va a estar toda la policía de Labana...

—¿Namás la de Labana? —pregunta Negativo burlón.

Llegan a la cafetería y se topan con unos cuantos miembros de la friká que han tenido la misma idea que ellos. En una esquina está el Plátano con la eterna Kiev con la que ha fotografiado la escena roquera desde los años setenta. Al lado están un par de bolludas que se llaman Yesenia y Yunisleidi, y junto a ellas, un sapingo al que le dicen Tarzán. El Político se va al rincón a hablar con el Plátano porque siempre ha pensado que las jebas son una perdedera de tiempo (total, pa que acaben diciéndote qué hacer y qué no hacer, asegura el Político cuando está de buen humor. Cuando está de malas no las baja de tarecos inútiles). Negativo y Picasso no las ven pasar desde hace siglos, así que hacen un nuevo intento con ellas.

—Ay mijo, ¿pero tú no te ves muy negro, muy pobre y muy feo para mí? —le dice Yesenia a Negativo, haciéndose la aristocrática.

—No te hagas la aristocrática ni ná de eso, chica, que tú eres una bretera del Cerro, yo te conozco bien. Además, por ahí ha pasado Malanga y su banda y yo no recojo sobras, paquelosepa —le responde Negativo de lo más orondo, como si en verdá no tuviera el queso atrasado.

Picasso tiene aún menos suerte, pues su jeta no despierta ni siquiera compasión: es tan grotesco de rostro que podría actuar en un filme gore sin maquillaje ni ná. Yunisleidi lo batea sin contemplaciones (te pareces a Amaury Pérez pero en feo, le dijo la jeba). Pasados unos minuticos, las niñas se van del lugar dejando escapar unos sonidos histéricos que el Político describiría más tarde como la clásica risita estúpida de esas traidoras de clase: en el fondo, aseveró, toda jeba quiere una fámili, y eso no las hace fiables en tanto compañeras de lucha...

Entonces, el Político repara en la presencia del friki-palo ese de los problemas existenciales, y lo anima a acercarse:

—Oye mi chama, asere, qué tú haces ahí tan solo, consorte. Echa pacá que tú ya no eres un fiñe y puedes estar con los grandes. Ven, anda —le dice, como si le hablara a un animalito temeroso.

Se trata de un chico de trece años, flaquito e ingenuo como todos los fiñes que comienzan a frikear, con los bracitos enclenques que le cuelgan de las mangas del pulóver.

—Les presento a la cantera, a la nueva camada de la juventú desesperá: el relevo generacional en marcha hacia el dosmil —anunció el Político con su retorcida retórica habitual. Picasso creyó reconocerlo pero no estaba seguro. Se limitó a gruñir un saludo y a preguntarle si él era trácher o jevi o punqui o jarróquer o qué.

—Ná, yo soy friki, asere. A mí me gusta todo.

—¿Oyeron eso? Nada de sectarismo aquí —exclamó el Político, jubiloso—. Compañeros, el Comité Central debe reconocer que estamos ante el relevo...

—Ya cierra la boca, moderfóquer, que el come-pinga este de la cafetería ya está poniendo malacara.

En efecto, el tipo tras el mostrador murmuraba singaderas sobre la juventú de hoy, y los frikis salieron del lugar en grupo, todos juntos. Volvieron a rodear la Plaza, haciendo bromas y dando cortos buches a un pomo de bocoy verde.

—Oe, Político —habla el Picasso—. Tú no ves que usar eso de «compañeros» es de muy mal gusto, asere. Asere, compañeros los comunistas...

—Pero ¿cuáles comunistas, consorte? Si ya todos los comunistas se fueron del país. Ya aquí namás que-dan Malanga y su banda, primo, y hasta donde yo sé, ninguno de ellos es comunista ni casa de un pingón...

—Mira mi herma, yo no estoy pa dialéctica ni pa materialismo histórico, consorte. Yo lo que sí sé es que «compañero» lo usan los comuñangas y yo no soy de ésos...

—¿Tú no eres comunista? —preguntó el frikito, casi asustado.

—¡Qué pinga! ¡Comunista el bollo de tu madre, tú, socomepinga!

—Oe, oe, tampoco le grites al chama, asere, que él es nuevo en esto, y no tiene maldá todavía —lo calló el Político bastante empingao. Claro que le ca-gan esas discusiones inútiles pero tampoco es capaz de evitarlas, no sabe por qué. El friki-palo intenta con-graciarse con el Picasso, y señalándole el pulóver le pregunta:

—Entonces, ¿te cuadra Megaded?

—Consorte, Megaded es mejor que Metálica, eso pa empezar. Recuerda que Deimústein desertó de Metálica pa fundar Megaded —en realidad fue expulsado por drogadicto, interviene el Político—; desde que desertó, decía, el métal ha vivido su más grande revolución. En verdad Mústein es un revolucionario del trach, paquelosepa, por eso abandonó a los santones de Metálica, porque ellos sí estaban traicionando el trach...

—Sabes, consorte —dice el Político pinchándolo—, yo creo que en el fondo tú lo que eres es un trosquista...

La pequeña callejuela donde será el cóncer está llena de bichos raros; unos trescientos elementos reunidos para escuchar a Zeus. Frente al pequeño escenario de bagazo y cartón tabla, una treintena de cabezas se bambolean al compás de la música, que gracias a la consola vermona de seis canales y cien guats, rebota por todos lados sin ton ni son. Desparramados por el lugar hay pequeños grupos que saltan y chocan unos con otros. Al fondo hay más que conversan y circulan botellas de alcohol barato. Poco a poco el sonido ha mejorado (o los oídos acostumbrados a éste) y la fiesta transcurre sin contratiempos importantes (una minibronca por allá por las tetas de una jeba; algún insulto con respuesta en forma de galleta, nada de gravedad); y la verdad, nadie sabe bien a bien cómo comenzó todo. Mucha gente prefirió quedarse afuera porque de todas formas lo único que separaba el adentro del afuera era una malla metálica, así que afuera se oía exactamente igual que adentro; y si afuera se oía igual, no tenía sentido alguno estar allá adentro todos apelotonaos; así que muchos estaban afuera. Los que estaban afuera cuentan que de pronto les cayó encima una media docena de guapos a los que les brillaban los ojos y los filos; así que los frikis halaron por sus cadenas y tubos y se armó la demajagua. Al Naranja le dieron un machetazo en el hombro que por poco le arranca el brazo de cuajo (parecía portada de Carcas, la verdá); así que Joselito el Imperfecto le arrió un tubazo al prieto pa que se dejara de singaderas. A Miclláguer le pincharon un pulmón y el Boniato tenía estrangulado a un guapo con su cadenón. La bronca subía de tono y adentro continuaba el cóncer. Alguien de allá adentro se dio cuenta que había bronca afuera; y ese alguien se lo dijo a otro alguien y ese otro alguien a alguien más. De pronto el Fuerte lanzó un grito que apagó la música, y cogiendo aire repitió a todo pulmón: ¡Fajazóoooooon! Y aquello fue un grito de guerra porque al instante la calle se llenó de frikis cargados de adrenalina y testosterona, y de la esquina doblaba una turba de guapos de la Timba dispuestos a mantener el honor barrial. Hubo una algarabía de insultos, un circo de manotazos, un manicomio de patás por culo. Hubo también cuchillás y machetazos y tubazos y cadenas con tremendos candados en el extremo —lo que equivale a decir que hubo también candadazos—. Era una batalla campal, con sangre de verdá y toda la cosa. Había gente que corría por todos lados sin saber qué hacer, como pollo enloquecido o gato con gasolina en el culo. Había blancos, negros y mulatos dándose con todo: la bronca no era por el color de la piel, sino por algo mucho más importante: unos eran frikis y otros eran guapos.

Entonces, justo entonces, llegó la pe-ene-erre...

***

El lobi del hotel de Zapataicé está en plena revolución. Por allá un guapo se ha puesto guapo de verdá y le bajó tremendo piano a un guardia que le dejó el teléfono ocupao; un friki gritaba que su papá era general mientras tres guardias lo tundían sabroso. En la carpeta atendían al Nazi:

—¿Y a ti cómo te dicen? —preguntó el azul tomando nota de todo.

—El Nazi —respondió el Nazi.

—El Nazi, ¿eh? Chico, ¿tú eres nacionalsocialista o qué?

—Ná, ná, deja la trova esa, ¿qué socialista de qué?

—¡¿Qué tú dices?!

—Ná, que viva el socialismo, guardia...

—¿Y qué más dijiste?

—Que viva Fidel también...

—Ah, bueno —y lo ficha—. Ya estás fichao, paquelosepa —dice el guardia—. Y por cierto, a ver si te vas cambiando el nombrete ese porque, chico, yo no sé si tú te habrás dado cuenta, pero tú eres negro, compadre.

—Gracias por recordármelo, guardia —y muy muy bajito, pa que no lo oiga, agrega—: Racista de mierda...

Pero el guardia sí lo oyó. ¡Tumbabuáfata!, resonó el galletón oficial al estrellarse contra la incendiada

231

mejilla del Nazi, quien se tambaleó en posición de firmes sin perder la vertical. Otro oficial que estaba por ahí cogió al Nazi por arribita del codo y lo arrastró otra vez hacia las galeras, donde la bronca estaba en todo su esplendor. En eso suben al Loco y en un descuido se les suelta y corre decidido hacia una gran maceta y coge la mata y la hala por encima de su cabeza, descargándola en la cabeza del guardia más cercano (y desafortunadamente, la maceta en sí se quedó en su lugar y la planta salió halando tras sí un gran trozo de tierra, que fue el que se desmoronó en el cráneo policial).

—¡Repinga! —gritaba el guardia todo lleno de tierra, sin saber a ciencia cierta qué cojones estaba pasando y sin querer abrir los ojos.

El Loco todavía aprovechó para sonarle un par de pescozones, pero él no tiene problemas porque tiene papeles siquiátricos y lo tienen que soltar en cuanto vengan por él: el Loco está loco de verdá... Le tocó el turno a Tarzán y para su desgracia lo atendió el mismo guardia que le pidió el carné en la mañana, quien al verlo con un par de moretones en el rostro, despeinado y con el pulóver todo ripeado, le preguntó:

—Qué, ¿te volviste a caer de la guagua? —y lo miró fijamente, sin sonreír ni ná. Tarzán le sostuvo la mirada hasta que ya no aguantó más, pestañeó y murmuró:

—Sí, me caí de la guagua otra vez —dijo, mientras recordaba la cantidá de piñazos que le dieron hoy. De hecho, entre tres guardias lo sacaron arrastrándolo de abajo de la máquina donde se había ido a esconder, y le aplicaron de paso la resistencia al arresto...

232

—Mira... muchachito. Déjame darte un consejo, por el bien tuyo y por el bien de la revolución. No vuelvas a guindarte de esa guagua porque si te vuelves a caer, puede pasarte por arriba, paquelosepa...

—Ooo, usté me está amenazando... —respondió Tarzán sin alzar la voz para no llamar la atención.

—Jejeje. No, muchacho, de ninguna manera; si la revolución no amenaza... Lo único que digo es que tengas cuidado, que no estés cayéndote todo el tiempo porque un día no te vas a levantar más. Es sólo un consejo, aquí nadie te amenaza. Dime, ¿alguien te ha tocado aquí, alguien te ha golpeado o te ha hecho algo?

—No, no, no, qué va, ya le dije: yo me caí de la guagua... —respondió Tarzán atropelladamente y con los ojos un poco más botados que de costumbre—. Si aquí a uno lo tratan de lo más bien, guardia.

A eso de las dos de la mañana le tocó el turno al frikito, quien no se espabiló a tiempo y cuando fue a ver ya lo tenían cogido por el pescuezo y lo metían en la jaula. Ahora le tomaban los datos y el guardia le preguntaba afirmando:

—Tú eres nuevo por aquí, eh... —y el friki-palo asintió con la cabeza, sin abrir la boca porque los dientes le castañeaban y parecía un foquin telégrafo—. ¿Tú no vas a responder?

—Sí, soy nuevo —dijo con voz aguda.

—Oye chico, ¿y tus papás saben en qué tú andas metido?

—Yo no ando en ná, yo sólo vine a un concierto y luego llegaron ustedes y me trajeron pacá. Yo no ando en ná ni ná.

—Algo harías pa que mis compañeros te trajeran pacá.

—Yo no estaba haciendo ná, yo sólo miraba...

—Mmmm, claro... —el guardia lee los datos del carné de menor y de pronto se le alborotan las cejas y pregunta—: Chico, ¿tú eres familiar de Mengano, el del Minín?

—S-s-s-sí, yo soy su hijo.

—¡Ay, chico! —gritó el guardia con alegría—. ¡Deja que yo llame a tu papá y le cuente que estás aquí! Candela, muchacho, en qué lío te has metío, paquelosepa —y de lo más alegre cogió el teléfono y comenzó a marcar y Celedonio Mengano, el friki-palo, temblaba de pies a cabeza porque sabía exactamente en qué clase de problema se había metido... Vaya si lo sabía.

***

El Picasso, la Toronja, la Cobra, el Micrófono, el Bandido y la Argentina bajan por en medio de Paseo contándose la epopeya unos a otros:

—Consorte, tremenda tumbabuáfata la que le solté al niche ese —alardeaba el Bandido mirando a la Cobra—. Le metí el pie, pa-que-lo-sepa: el muy negrón se puso blanco —seguía contando el Bandido, que también es niche.

El Micrófono es bastante aindiado pero por algún extraño injerto de la naturaleza tiene un gran afro en la cabeza; antes todos le decían el Indio, hasta que se dejó crecer aquello. Toronja tiene la cara redonda y blanca y una cabellera amarilla que de alguna manera termina por redondear el conjunto; por lo demás, es toda pecas y dientes. El Picasso no tiene raza, o al menos no es posible identificarla en medio de tanta fealdad; de cualquier forma, su carné dice que es blanco. La Cobra es linda, a pesar de su veneno; es una mulata cobriza con pelos rojizos y un verbo de lo más chusma y faltaerrespeto que uno se pueda imaginar. La Argentina no es argentina sino de Las Villas —tremenda trigueña—; lo que pasa es que una vez tuvo un noviecito argentino que se quedó embollao y cuando se fue le dejó un montón de pulóveres de Argentina (con el solcito comepinga ese). Y como durante años sólo usó esos pulóveres, a ella le dicen así.

—Ño, pero lo mejor de todo fue la corredera: Corneta, toque usted retirada, y ño, el corneta todavía no tocaba el primer tu-tu-tú cuando el Picasso ya iba por allá, asere, qué-manera-de-correr, mi hermano...

—Asere, ¿tú no ves que si los guardias me pegan en el féis me desfiguran? —soltó el Picasso sonriendo y descuadrando aún más el rostro.

La Cobra, por su parte, narra cuando le pateó los cojones a uno que le estaba dando al Payaso:

—Y también le arañé la careta a un blanquito de ésos.

—Ño, las cajas —exclamó la Argentina emocionada...

—Pero debe haber varios detenidos —sugiere el Micrófono, que no había hablado en todo el camino.

—Es verdá —exclama Toronja estirando la a—. Vamos pala estación de policía, a ver qué averiguamos.

—Ño, eso es candela. Eso es ir a meterse a la boca del lobo, así namás. Candela —insistió el Bandido.

—Entonces vamos al Calixto a ver quién está herido allá —insistió Toronja.

—Pero, chica, ¿por qué tan benefactora ahora?

—Mejor mañana averiguamos bien qué pasó. Por los que están guardados no podemos hacer nada porque no los van a soltar sólo porque vayamos a pedirlo; y los que están en el hospital están en buenas manos, así que mañana veremos —dijo el Micrófono sin perder la calma.

La Argentina, cambiando de tema, sugiere:

—Vamos a mi casa, allá hay algo de tomar y podemos oír miúsic en paz.

—Eh, ¿y no hay próblem con tu fámili?

—Ná, mijo, si yo vivo con mi abuela que está sorda pal carajo. Ya no oye ná, así que no hay próblem alguno. Además tiene el párquinson ese y le podemos tumbar unos pacos.

—Ño, ¿y no se da cuenta?

—Qué se va a dar cuenta si está más anciana que Matusalén. Le cambio las pastillas por cualquier otra que sea del mismo tamaño y color y tan-tán. Claro que no se da cuenta.

—Ñooo, mortal, asere. Yo también quiero una abuela con párquinson, consorte —exclama el Picasso feliz.

—Shhh, deja eso, niño; que además de todo hay que darle de comer, limpiarle el fondillo y todo lo demás.

—Ah, siacará. Echa pallá, cojones. ¡Qué limpiarle el culo de qué!

Se detuvieron frente a un edificio color indefinido con tendederas en todos los balcones y entraron a un lobi estrecho y oscuro. Ocho pisos más arriba está el apartamento de la Argentina. El ascensor tiene asma, le falta el bombillo y la puerta no cierra bien. Renquea parriba a una velocidad de cuatro metros por minuto y pa colmo se para en el quinto porque alguien iba pabajo.

—¿Vapabajo?

—No, vaparriba —respondieron a coro.

La Argentina sacó un pomo de havana plateado y lo llevó a su cuartico, justo atrás de la cocina. Aunque es minúsculo a todos les cuadra, porque es oscuro, porque hay pósters de métal y porque es chiquitico y esta noche hace frío. Están todos tirados en la cama menos el Bandido, que se apoderó de un cojín y se tiró al piso, y la Argentina, que está junto a la casetera administrando el sonido. Hablan de música, de sueños, de cine, de música, de sexo, de drogas, de cine, de música y por último, de lo que ocurrió esta noche:

—Asere —pregunta el Micrófono—, ¿por qué todo esto? ¿Por qué es toda esta bronca? ¿Qué hemos hecho nosotros?

—Ná, asere, pero tú sabes que al comepinga este no le gusta el ró, qué le vamo a hacel, asere —responde el Bandido con la lengua un poco más trabá.

—No, asere, en serio, ¿qué bolá con esto, consorte? —insiste el Micrófono—. Primero, la bola de palurdos esos repartiendo machetazos... ¿Nosotros qué les hemos hecho a esos consortes pa que nos traten así?

—Es su barrio, asere, tienen que defenderlo.

—Pero ¿defenderlo de qué? —se mete la Argentina.

—Ay, estaniña —estalla la Cobra encabroná—. Tú porque vives en un barrio bueno y vives solita con tu abuelita enferma y todo eso. Pero yo vivo con una retahíla de hermanos y primos y cuñados que no te puedes ni imaginar. Si nosotros en la casa nos tenemos que colgar del techo pa dormir, niña. Tú no sabes lo que es defender tu territorio...

—Pero ¡qué territorio de qué pinga! Si nosotros no íbamos a invadir ni ná de eso. Nosotros sólo fuimos ahí a una actividá cultural —continuó el Micrófono.

—Manda pinga la actividá cultural. Pero, chico, aquí, en la patria socialista, ¿desde cuándo el ró es cultura? —reviró el Bandido.

—Chico, lo que quiero decir es que nosotros no fuimos ahí a buscar bronca ni ná, asere.

—No, pero ése es su territorio y tienen que defenderlo —repitió la Cobra—. Yo los comprendo, porque si llegara una bola de frikis a mi barrio, se pondría en candela también, paquelosepa.

—No sé —duda el Micrófono, en cuyo barrio las cosas son de otro modo. ¿Y por qué son distintas las cosas en su barrio?, se pregunta, y comienza a enumerar en su cabeza: Bueno, en primer lugar en mi barrio no hay solares, punto número uno. Punto número dos, en mi barrio no hay negros pobres viviendo en casuchas (los únicos negros que hay tienen lada y uniforme del Minín); y punto número tres, mi barrio no es un barrio, sino un reparto, que no es lo mismo, piensa, sonriendo. De todas formas hay algo que no le cuadra, porque piensa que si en su cuadra intentaran abrir un local para cóncers de jevi, todos esos venerables pinchos que viven por ahí se alborotarían enseguida y en dos minutos ya habrían decretado estado de sitio en el reparto entero ante la contingencia de una invasión de frikis desafectos y antisociales...—. Aun así —continúa en voz alta—, todavía falta lo de la fiana. ¿Se dieron cuenta que llegaron sobre nosotros, directico donde está uno? A los guapos esos casi ni los tocaron, consorte...

—Coño, que sean guardias no quiere decir que sean comemierdas —responde el Bandido—. Si hay una fajazón y algunos tienen machetes y otros no, claro que se tiran sobre los que no tenemos machete, es una cuestión de surváivor, asere...

***

El Político y Negativo caminan despacio, con las manos hundidas en los bolsillos del pantalón, dando vueltas en los alrededores de Zapataicé sin acercarse jamás a la estación. Caminan por Carlojmanueldecéspedes hasta Avenidaelospresidentes, y luego a Veintinueve y de ahí a Be y en fin, caminando en círculos, tratando de topar con los que salen de las mazmorras. Hace frío y están cansados, pero de todas formas se encuentran demasiado excitados para irse a dormir tranquilamente. El Político tiene pinta de Yimijendris, con los yins acampanaos, la mata alborotá, la cintica en la frente, la camisa abierta y con un chalequito morronguero encima. Negativo tiene la pasa corta pero no menos desgreñá que el otro. Viste un pantalón de trabajo gris, unas botas de escuelalcampo y una enguatada blanca sobre la que ha pintado una cruz negra invertida —de cabeza, vaya—.

—¿Ya te diste cuenta, Negativo, que hasta ahora todos los que han salido son parientes de generales y ministros, y que casi todos son blanquitos?

—Siempre es lo mismo: mi pura siempre dice que no sabe si está presa por puta, por pobre o por negra.

—Y lo más probable es que sea una combinación de las tres.

—La verdá es que aquí ser negro y pobre sigue siendo una salación. Yo lo que sí sé es que tengo que seguir con la boquita cerrá y aquí namá, jamando consignas pa alimentar la ideología... Como siempre digo, hay que adaptar la miseria a la actual realidad histórica.

—¿Y qué pasa si la historia es irreal y la miseria no se adapta nunca?

—No te pongas metafísico, consorte, que se me dispara la dialéctica y me mando de revisionista, paquelosepa.

A Negativo lo corrieron de la escuela en noveno grado, cuando en la clase de Fundamentoeloscono-cimientopolíticos se cagó de risa en el momento que el tícher afirmó que Nitche era el padre ideológico de la barbarie nazi. Sí, se carcajeó, no pudo evitarlo:

—Y, ¿se puede saber de qué tú te ríes, compañerito? —dijo el profesor con una cara de asombro que pronto pasó a ser de empingao.

—Cómo que de qué me río, profe, de la sarta de bobería que está usté diciendo, quécosaeseso, caballero. Eso es como echarle a Mar la culpa de toa la mierda que pasa aquí...

Enof, eso fue más que suficiente pa que lo botaran ahí mismo de la escul. Como lo tacharon de muchacho problema lo mandaron a una escuela taller donde la cosa sí estaba de pinga de verdá, con un nivel de violencia encojonao en el que Negativo no tenía ná que hacel: él lo que no podía era quedarse callado pero de ahí a ser violento va un mundo. No aguantó, ésa es la verdá, y al poco dejó la escuela palapinga. Lo que sí no dejó fue de ir a la Biblioteca Nacional, la que visitaba una vez al mes y en la que había desarrollado un complejo método para extraer material sin ser detectado: a fin de cuentas, como dijo Martí, robar libros no es robar.

—Asere, ¿cuántos negros hay en el Comité Central? —pregunta el Político con ganas de seguir la discusión.

—No sé, compadre, pero no te asombres si los pocos que hay son en verdá blancos pintados con chapapote, asere, como los cómicos de la televisión de antes.

Al doblar la esquina ven másalante una figura doblá por la mitá en pleno gesto y acto vomitivo, y se detienen hasta reconocer al personaje.

—Asere, ¿ése no es Tarzán, compadre?

—Óyeme, Tarzán, ¿eres tú, asere? —grita Negativo.

—Aaa-aaaaa-aaaaa —responde Tarzán con las rodillas en el piso y ya medio perdido.

Negativo y el Político corren hacia él y lo levantan en vilo, de tan mesmadejado que está.

—Ño, consorte, pero ¿tú te fajaste con un tigre de bengala o qué bolá contigo?

—¡Qué tigre ni qué pinga, chico! —responde Tarzán entre arcadas.

—Tranquilo, fiera —responde el Político—. ¿Dónde tú vive, asere? Nosotros te llevamo al gao, tú tranquilo, compadre...

Tardan casi cuarenta minutos en llegar a La Selva, caminando muy despacio pa que Tarzán no se les termine de descuajeringar por el camino (parece como si lo hubiera arrollado una rastra y lo arrastrara treinta metros, por lo menos).

—Pero, asere, ¿pa qué tú te resististe al arresto, compadre? —preguntó el Político.

—¡Qué resistencia de qué pinga, si ni pa eso me dieron tiempo, consorte! Aquí nadie respeta ni casa de una pinga. Mira cómo me han puesto, asere —y se señala de arriba abajo porque, en efecto, lo han dejado todo estropeado...

—Todo esto es culpa de Lenin —dice el Político.

—¡Qué Lenin ni qué pinga, si aquí no hay ningún Lenin! Aquí lo que hay es Castro y no uno, sino dos...

—Además —interviene Negativo—, Lenin perseguía cosacos, rusos blancos, mencheviques y toda esa cosa; el comepinga este persigue frikis, asere, ésa es la verdá histórica...

***

—Pero ¿cómo tú te atreves? ¿Cómo te atreviste a hacerme esto a mí, chico? ¿Tú no ves que yo soy un oficial de los organoeseguridáelestado para que tú me hagas esto? ¡¡Je, dime tú con qué moral voy a hacer mi trabajo si en casa mantengo a un lumpen, a un desafecto, a un antisocial, a un friki mariguano y contrarrevolucionario que de contra es mi hijo!! ¡Repinga! ¡Tengo al enemigo en casa y no puedo ni mandarlo a fusilar, cojones! ¿Tú sabes cómo está tu madre? ¿Tú sabes cómo se puso cuando le dijeron que estabas detenido; que te habían detenido en compañía de elementos antisociales? Je, muchacho, tú no sabes en la que te has metido... Esto ya no tiene que ver contigo, esto es algo más grande que tiene que ver con la revolución, con los sagrados principios de nuestra revolución, con la moral socialista, con la ética revolucionaria, con el futuro del país. Tú no lo entiendes pero estás entrando en terreno fangoso; así se comienza, paquelosepa. Se empieza fumando marihuana y se acaba traicionando a la patria. Además, tú no eres como esos muchachos, que son una pila de zarrapastrosos, lumpen-proletarios y desafectos morales, que no saben qué es la solidaridá ni el respeto; pero tú no, tú eres de buena familia, eres un jovencito educado y tú no tienes por qué mezclarte con esa gente, chico. ¿Tú no te das cuenta que esos muchachos no tienen futuro, que son la mierda de Cuba? Y no es que la revolución se haya olvidado de ellos, óyeme bien; es que ellos se olvidaron ya de la revolución. ¡Pero tú no! ¡Tú no, cojones! La revolución siempre está en peligro. Tenemos al enemigo más poderoso del mundo allá enfrente y ustedes aquí, haciéndole el jueguito en casa. Toda esa cosa del ró es cosa de la Cia, paquelosepa. Es una campaña orquestada allá en la Cia para desestabilizar al país, para corromper a nuestra juventú y sembrar el diversionismo ideológico por todos lados. Pero además, muchachito, estás poniendo en peligro mi trabajo, ¿comprendes? Yo soy agente de la seguridá y es muy mal visto que un agente de la seguridá no pueda ni controlar a su propia familia, cojones. No puede haber elementos antisociales en casa de un comunista, de un defensor de la revolución. La revolución nos lo ha dado todo y no voy a permitir que mi propio hijo se ponga en contra de ella; no voy a permitir que haya gusanos en mi casa; no voy a permitir que te burles de mí ni que me avergüences, ¿está claro? A partir de ahora nada de ró, nada de concierticos y nada de amiguitos antisociales. Pa la escuela, de regreso a casa y más ná pa ti. Hasta que te regeneres y te comportes no vas a salir de casa, paquelosepa.

Y Celedonio, el friki-palo de trece años, iba en el asiento de al lado de su padre, en el lada verdeolivo, escuchando la perorata con la vista perdida y el gesto adusto, en silencio, sin decir ni pío porque sabe bien que en estas situaciones lo único que procede es poner cara de circunstancias y cerrar la bocota, porque lo único que sí no se puede aquí, es discutir...

En efecto, en silencio tiene que ser.

Sadirac, Francia,
noviembre de 2005 - Marsella, 2008

Glosario

AGILA, AGILA [C]: 'largo, quítate, desaparece'.

APRETAR: 'manosear'. APRETANDO CON LA JEVITA [C]: 'manoseándose con la novia'.

ASERE [C]: 'pana, amigo'.

AUTO NIÚ-DE-PÁQUET (adaptación al español de la pronunciación del inglés): 'auto nuevo, vistoso'.

AZARISMO: Técnica musical basada en el sonido del silencio. Para entenderla se puede escuchar a uno de sus compositores más representativos: John Cage.

BISNE [C] (del inglés *business*): 'negocio'. En Cuba se utilizó esta expresión para referirse a cualquier negocio ilegal, puesto que el negocio privado no era permitido. Hubo una época en la que muchos cubanos adquirían artículos en las diplotiendas, usando a extranjeros para poder hacerlo, y luego los revendían para ganarse un extra.

BISNEAR [C]: vender.

BOCOY : Marca legendaria de ron cubano.

BOLA. ¿O QUÉ BOLÁ CONTIGO? [C]: '¿qué te pasa?'.

BOLLO: Nombre vulgar de los genitales femeninos.

BONO. BONO DEL VEINTISÉIS [C]: Nombre que se daba al bono emitido para financiar al Movimiento 26 de Julio (M26), organización político-militar fundada por Fidel Castro en 1953 para luchar contra la dictadura de Fulgencio Batista y que tomó el poder el 31 de diciembre de

---

Se marcan con [C] las voces o expresiones procedentes del español de Cuba.

1958. El M26 confluyó en 1962 en el Partido Unido de la Revolución Socialista, que en 1975 se convirtió en el Partido Comunista de Cuba. La fecha del 26 de julio conmemora el fallido asalto al Cuartel Moncada en Santiago de Cuba.

BRETERO, A [C]: 'chismoso'.

CABILLA [C]: 'varilla corrugada de metal que se usa en la construcción'.

CAMBOLO [C]: 'piedra'.

CANA [C]: 'cárcel'.

CANDELA: 'fuego'. ¡CANDELA PAL SINDICATO! [C]: Expresión que describe un momento de exasperación popular en La Habana Vieja a principios del nuevo siglo: la gente la grita contra el sindicato único y con ella acentúa la situación social deplorable y progresivamente degradada, el descontento airado de grupos espontáneos («la turba se alborota»), la moral que se inflama indignada («la moral en candela»), la reacción descontrolada («la ética de la puñalá [puñalada] y del timbrazo [balazo] en el pecho»), la fuga precipitada ante la violencia ciega previsible («Vete echando que eso está en llama»).

CASINO: Marca nicaragüense de cigarrillos.

CHAMA [C]: 'niño'. Se utiliza para sustituir a *mijo, compadre, compañero,* etc. y no necesariamente está asociado a la niñez.

CHAPAPOTE: 'asfalto'.

CHEO, A [C]: Persona ataviada con ropa de mala calidad, que no sabe combinarla a la hora de vestir. Se denomina así a quien no tenía otra opción que la de vestir con la ropa pasada de moda que el gobierno cubano vendía en todas las tiendas.

CHIVATÓN, NA: 'delator, chismoso, entrometido'.

CHURRE [C]: 'mugre'.

CHURRIOSO, SA [C]: 'mugroso, sucio'.

CHURRO: 'cigarrillo de marihuana'.

CIGARRO [C]: 'cigarrillo'. El *habano* o *puro* es llamado *tabaco*.

COJONES: Interjección semejante a *¡coño!, ¡carajo!* o *¡mierda!* Según la entonación, puede resaltar indistintamente algo positivo o negativo.

¡COMEPINGA! [C]: Término equivalente a *comemierda,* pero aún más peyorativo que éste.

COMITÉ. «EL COMITÉ» [C]: Nombre dado al CDR (Comité de Defensa de la Revolución, cedeerre), organismo urbano oficial integrado por los vecinos de cada cuadra, que vigila y controla la vida cotidiana de los habitantes. Está vinculado con los órganos de seguridad del Estado. Se crearon originalmente en 1961 para detectar la actividad de los opositores y disidentes.

CONCHABAO, Á [C]: 'que se ha puesto de acuerdo con otra u otras personas con fines que pueden ser ilícitos'.

CONSCIENTE. TREMENDO, DA CONSCIENTE [C]: 'alumno estudioso e inteligente, que llega siempre temprano a la escuela, obtiene la mejor calificación en los exámenes y no entra en los relajos habituales de la época de estudiante'.

CONSORTE [C]: 'amigo, socio'.

COÑO: Interjección vulgar que denota diversos estados de ánimo, en particular extrañeza o enfado. IRSE PAL COÑO DE SU MADRE [C]: 'irse al demonio'.

CUBO. CUBO Y LA JARRA, EL [C]: La escasez de agua para el uso doméstico ha obligado a los habitantes de la isla (menos a los privilegiados de la casta dirigente) a utilizar para bañarse agua almacenada en una cubeta que se vierte sobre el cuerpo con una pequeña jarra para la higiene cotidiana.

CUÑO: 'sello metálico o de goma que, entintado, se usa para legalizar documentos oficiales'.

CURDA: 'borrachera'.

DESCUAJERINGAR: 'desajustar, descoyuntar'.

DESMAYAR [C]: 'olvidar'.

DIPLOMERCADO O DIPLOTIENDA [C]: Tienda estatal para uso exclusivo de funcionarios gubernamentales, diplomáticos acreditados y extranjeros residentes en Cuba.

DIVERSIONISTA [C]: Persona acusada de «diversionismo ideológico», delito concebido por la dictadura castrista contra cualquier opositor o disidente. El uso de este término designaba también a quien usaba ropa de marca o cualquier otro artículo fabricado en Estados Unidos o en algún país capitalista.

EKOBIO [C]: 'amigo cercano, cómplice'.

EMPINGAO, EMPINGÁ [C]: 'furioso'.

ÉPICA. ÉPICA DEL BOLLO [C]: 'obsesión por el sexo'.

ESTILLA [C]: 'billete'.

ESTRALLAO, ESTRALLÁ [C]: 'que lo está pasando mal, sin dinero'.

FAJAZÓN [C]: 'pelea'.

FANA [C]: 'semen'.

FAO [C]: 'dólar'.

FARSA. LA FARSA DEL APORTE, EL DELIRIO DEL SERVICIO: Con esta frase, Canek se refiere irónicamente a las condiciones del trabajo diario subordinado en la dictadura «socialista» instaurada en Cuba, que suponen y exigen una entrega incondicional y acrítica a las metas oficiales (esto es, el «aporte» y el «servicio»).

FIANA [C]: 'policía'.

FIÑE [C]: 'niño'.

FORI [C]: 'toque de marihuana'.

FOTICO [C]: 'fotografía'.

FRIKÁ [C]: 'reunión de frikis'.

FRIKI (del inglés *freak*): 'fenómeno punk, subversivo'.

FULA [C]: 'dólar'.

GALLETÓN [C]: 'golpe'.

GALLITO. GALLITO COMEPINGA [C]: 'individuo externamente retador pero, en realidad, comemierda (persona despreciable)'.

GANSO [C]: 'homosexual'.

GENTE. GENTE GUINDADA DE PUERTAS Y VENTANAS [DE LA GUAGUA] [C]: 'personas que van colgadas en los transportes públicos atiborrados'.

GOMA [C]: 'neumático, llanta'.

GRAJO. GRAJO VELLUDO [C]: 'axila femenina sin depilar'. Las rusas que vivían en Cuba se caracterizaban por no depilarse las axilas y una higiene corporal escasa.

GUAGUA: 'transporte colectivo público urbano o interurbano en rutas fijas; autobús'.

GUAJIRO, RA [C]: 'campesino'.

GÜIRO [C]: 'fiesta, relajo'.

HOMBRE. «UN HOMBRE NUEVO» [C]: Alusión irónica al nuevo tipo de hombre que se crearía con la revolución socialista en Cuba (al que se refiere un famoso texto del Che Guevara).

JABA. JABA DE LA SHOPPING [C]: 'bolsa para transportar la compra realizada en el mercado'.

JEBA [C]: 'muchacha, novia'.

LIBRETA [C]: 'cartilla de racionamiento de los bienes de primera necesidad'. En vigor desde el 12 de julio de 1963, a partir de la década de 1990, tras el derrumbe de la Unión Soviética y sus graves consecuencias sobre la economía de la isla, se reveló cada vez más insuficiente para satisfacer las necesidades básicas de la población.

MALTA: 'bebida de cebada sin fermentar'.

MÁQUINA [C]: 'automóvil'.

MARIEL: Puerto cubano escenario de un éxodo masivo de la isla entre el 15 de abril y el 31 de octubre de 1980, que se desencadenó cuando algunos cubanos se refugiaron en la residencia habanera de la embajada de Perú. Más de 125.000 cubanos lograron embarcarse hacia Florida.

MESMADEJADO, DA [C]: 'descoyuntado'.

MIJO, JA [C] (contracción de *mi hijo* o *hija*): Se utiliza como llamada de atención, equivaliendo a *¡oye!,* no sólo entre el padre o la madre con su hijo, sino también entre amigos o compañeros.

MINÍN: 'Ministerio del Interior'.

MONADA [C]: 'policía que llega en un vehículo de patrulla *(perseguidora)'*. Se usa peyorativamente.

MORRO: Fuerte colonial amurallado que domina la bahía de La Habana.

MOSKOVICH: Marca de automóvil fabricado en la URSS.

MURO [C]: 'borde del malecón de La Habana'.

NICHE, CHA [C]: 'negro'.

OTRO, TRA. EL OTRO [CARNÉ]: 'documento de identidad que acredita la pertenencia al Partido Comunista de Cuba'.

PACO [C]: peso.

PACOTILLA [C]: Conjunto de artículos de calidad formado por la ropa, los zapatos, los objetos para el hogar, los equipos de música, los televisores, etc. Se utiliza para referirse no sólo a artículos de marca sino a los fabricados en países capitalistas.

PAQUELOSEPA [C]: Contracción de *para que lo sepas.*

PARADERO [C]: 'parada de transporte público'. LLEGAR AL PARADERO Y PEDIR EL ÚLTIMO [C]: 'llegar a la parada del transporte público (o de cualquier fila para comprar o recoger cualquier producto) y localizar cuál es la última persona de la fila para colocarse detrás de ella'.

PE-ENE-ERRE [C]: PNR, Policía Nacional Revolucionaria.

PELOTA [C]: 'béisbol', el deporte más popular en Cuba.

PEPILLA A FLOR DE PIEL [C]: 'adolescente que se viste a la moda'.

PERSEGUIDORA [C]: 'patrulla (automóvil) de la policía'.

PESCADO [C]: 'pene'. PESCADO MATUTINO [C]: 'manoseo sexual aprovechando que las guaguas van repletas'. Se refiere, coloquialmente, a la odisea cotidiana en el transporte público, donde se apretujan los que van a su trabajo y el acoso físico a las mujeres atrapadas.

PIANO [C]: 'puñetazo'.

PINCHAR [C]: 'trabajar'.

PINGA [C]: 'pene'. Su uso es vulgar. Se emplea también como exclamación. ¡NI PINGA! [C]: '¡se acabaron los argumentos!'. En la novela se refiere a la negativa de regresar e intentar otro día salir del país: 'jamás, nunca, ¡es ahora!'. IRSE PA LA PINGA DE AQUÍ [C]: 'huir de la isla'. Se refiere a la salida ilegal del país.

PIÑAZO [C]: 'golpe que se da con el puño cerrado en cualquier parte del cuerpo'.

PITA [C]: 'hilo de nylon que se utiliza para pescar'.

PITUSA NACIONAL [C]: 'pantalón cubano estilo tejano'.

POLSKI: Marca de automóvil fabricado en la URSS.

POPULAR: Marca de cigarrillos cubanos.

«PRIMERO SE HUNDE ESTA ISLA EN EL MAR...»: Alusión sarcástica a la frase de un famoso discurso de Fidel Castro.

PULÓVER DEL VEINTISÉIS [C] (del inglés *pullover*): 'suéter, jersey con una leyenda relativa al Movimiento 26 de Julio'. Caricatura de la vestimenta de un funcionario oficial.

PULPERÍA: 'tienda de barrio'.

QUIMBAO, QUIMBÁ [C]: 'demente'.

QUINTA: Quinta Avenida, en el barrio del Vedado, en La Habana.

RADIO RELOJ [c]: Estación radiofónica de La Habana que cada minuto señala la hora exacta y en los intervalos da las noticias oficiales.

REPINGA [c]: Expresión para denotar distintos estados de ánimo: descontento, emoción, etc. Según la entonación y la circunstancia en la que es usada, puede ser sustituida por *cojones, coño, carajo, mierda*. En la obra de Canek está usada como sinónimo de *cojones*.

RETÉN [c]: Metafóricamente, el muro del malecón de La Habana. Se le llama así por ser la barrera que separa la prisión representada por Cuba y la libertad y estar vigilada por el Ministerio del Interior (MININT) para evitar la huida.

REVIRAR [c]: 'replicar'.

RON. «EL RON ES LA ESPERANZA DEL PUEBLO» [c]: Expresión sarcástica que alude a que el único momento en el que no se piensa en las necesidades y carencias vividas en el país es al emborracharse. En el libro Canek se refiere a una etapa de los años noventa en la que en el mercado cubano no se encontraban alimentos básicos pero sí ron.

RONEAR [c]: 'beber ron de caña'.

SANTA MARÍA: Popular playa cercana a La Habana.

SAPINGO, GA [c]: 'tremendo comemierda'.

«7 AÑOS CON SODA»: 'ron cubano añejo mezclado con gaseosa'.

SINGAR [c]: 'fornicar'.

SINGAO [c]: 'hijo de puta'. También se utiliza despectivamente para referirse a los homosexuales.

«SUEÑA QUE APUESTA AL OCHO (MUERTO) Y AL DIEZ (PESCADO GRANDE)»: Frase que expresa la voluntad (el sueño del cubano) por huir de la isla y establecerse en Estados Unidos. Implica una charada en la que se identifica a los muertos en el mar con el número 8 y a los Estados Unidos con el 10, como pescado grande.

TARECO [c]: 'objeto'.

TEMBA [c]: 'mujer mayor de cuarenta años'.

TEMPLETA [c]: 'relación sexual'.

TIMBA [c]: Género de música popular cubana.

TIMBA, LA: Barrio céntrico de La Habana, entre la Plaza de la Revolución y el Vedado, conocido por la miseria, el hacinamiento y la marginación en la que viven sus habitantes.

TIMBERO, RA [c]: 'músico de timba'.

TOLETE [c]: 'garrote corto que usa la policía'.

TONGA. TONGA DE FAOS [c]: 'cantidad grande de dinero'.

TOÑA: Marca nicaragüense de cerveza.

TREMENDO, DA [c]: 'grande'.

TROVA. LA MISMA TROVA [c]: 'el mismo cuento de siempre, la misma letanía'.

TUERCA. COMO UNA TUERCA QUE SE VA DE ROSCA [c]: 'trasroscado, pasado de rosca'.

TUMBABUÁFATA [c]: Onomatopeya para imitar el sonido de un golpe fuerte.

URAL: Marca de automóvil fabricado en la URSS.

VILLA MARISTA: Sede de la Seguridad del Estado en La Habana, donde interrogan, torturan y aíslan a los disidentes dentro de celdas ínfimas.

VOLGA: Marca de automóvil fabricado en la URSS.

YIPI [c]: '*jeep,* vehículo militar'.

YUMA, LA [c]: Nombre dado a los Estados Unidos.

Notas de Alberto Sánchez y Jesús R. Anaya Rosique
(con la colaboración de Adria Echeverría)
27 de julio de 2016

Este libro se terminó
de imprimir en
Móstoles, Madrid,
en el mes de
septiembre de 2016